持續狩獵史萊姆三百年，
不知不覺就練到LV MAX
4
illust. 紅緒
Morita Kisetsu
森田季節
Average ●25×
365 days×
300 years×
(EXP2＋2)=Lv.9

Contents

Story by Morita Kisetsu Illustration by Benio

She continued destroy slime for 300 years

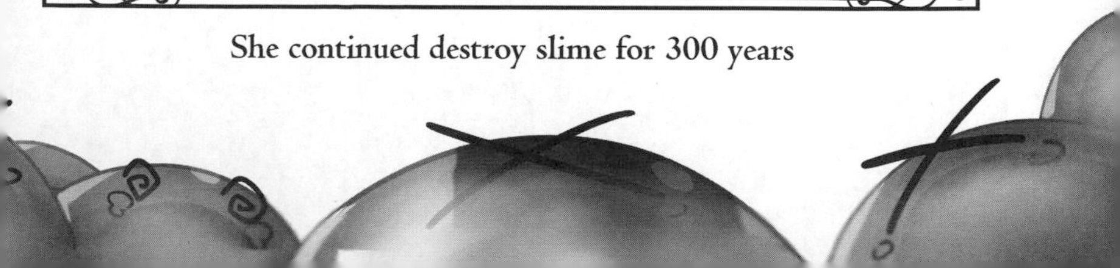

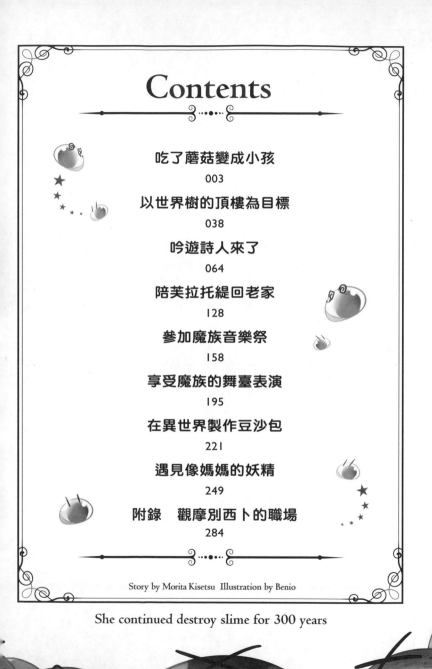

©Benio

高原魔女
亞梓莎
©Benio

魔王
佩克菈
史萊姆妖精(姊)
法露法
©Benio

亞梓莎大人，請和吾人一決勝負吧！
受傷了我可不管喔。
©Benio

吃了蘑菇變成小孩

She continued destroy slime for 300 years

這一日的天氣相當不錯。

「哎呀~真是大晴天呢！」

來自窗外的陽光很舒服，讓人好想去野餐。不過居住場所已經位於高原，某種意義上，就像是野餐的目的地。

「師傅大人，天氣真好呢！這種日子就在戶外燒烤吧！」

精靈哈爾卡拉也十分興奮。今天工廠也休息，可以睡得比平常更久。

「提到燒烤，就是那個吧！烤肉！」

「肉耶！肉、肉！」

萊卡與芙拉托緹這對龍族拍檔都興奮得眼睛發光。龍族拍檔（dragon combi）這串文字寫出來，好像龍族喪屍（dragon zombie）呢。

距離之前的烤肉大會還沒過多久，但她們似乎還沒吃膩。

「噢，不是喔。是烤蘑菇派對。」

哈爾卡拉一臉認真地表示。呃，蘑菇也是戶外燒烤的常見食材，可是只限蘑菇很奇怪吧。就像拉麵不要麵一樣。

「在我們老家會各自帶各種的蘑菇來，不斷烤著吃喔。這叫蘑菇派對，簡稱蘑菇趴。十分健康，因此也受女性歡迎呢。」

不知道這番話究竟有多少開玩笑，有多少是真的。

但是嘗試一次也不會少一塊肉。

「話說有蘑菇嗎？」

「別擔心。有許多是我親自栽培的，剩下的就去森林採集。一個半小時後我會裝滿籠子回來的。」

哈爾卡拉對蘑菇極為了解，因此這番話應該不是吹牛，而是事實。

「那應該能順利趕上午餐。好，午餐就來場蘑菇趴吧。」

「哇～！好像很有趣呢！」

「以前的隱士似乎會進入山中，連小麥都避免攝取，以一點點野草之類維持生命。這就是修行餐。」

女兒們都十分興奮。

還有夏露夏，別說得好像精進料理（註1）一樣啦。

兩隻龍則似乎興趣缺缺，這一點實在沒辦法。某種意義上，蘑菇趴在稀有價值上比烤肉趴還要高，忍耐一點吧。

「沒辦法。那就製作放了許多香菇的漢堡排吧～」

芙拉托緹脫口說出限定蘑菇的密技。名義上是蘑菇料理所以ＯＫ嗎？呃，其實要吃肉也可以啦……不過這麼一來，蘑菇絕對會變成配角。

「那麼，我馬上就去採集蘑菇囉！」

從剛才就一直很興奮，哈爾卡拉使勁舉起右手。

「嗯。啊……唯有一件事情要注意，就是別採毒菇喔……」

哈爾卡拉的知識的確貨真價實，行動卻很隨便。

偶爾會疏於區分毒菇。不如說，經常犯這毛病。

「我會小心的啦。附近的森林裡什麼蘑菇能吃，什麼蘑菇不能，我已經完全記住了！絕對不會有問題的！」

「這句話聽起來反而不對勁，燒烤之前要檢查喔……」

在燒烤之前檢查的話，總不會再發生沒發現毒菇就烤下去的糗事吧。

註1 純素料理。

一個半小時後。

只見哈爾卡拉帶著滿滿一籠蘑菇回來。

「來～！我仔細挑選了可以食用的蘑菇喔！絕對沒問題的！」

「知道了，既然妳這麼說就相信妳吧。在女兒食用之前，我先嘗嘗味道。」

「這不是根本不相信我嗎！」

沒辦法。畢竟世界上沒有什麼絕對，輕易把這兩個字掛在嘴上的人多半都會遭受懷疑。

「終究只是確認啦，確認。確認愈嚴格的公司愈能防止嚴重意外。職員管理鬆散的公司就會出包。」

「師傅大人，聽您的口氣彷彿已經見識過了呢……」

因為上輩子見到許多因為職員疏忽引發過失與意外，導致公司高層出面謝罪的新聞。管理階級畢竟肩負了一定責任。

「那麼接下來前往房間，採集栽培中的蘑菇吧。」

由於哈爾卡拉有生藥（註2）的使用需求，會蒐集各種蘑菇在房間栽培。因此哈爾卡拉的房間變得相當詭異。雖然身為魔女，為了調配藥物會將各種植物乾燥後置於房

註2 天然藥物。

間內的我也沒什麼差別。

「好好好，隨妳高興。今天就交給哈爾卡拉妳負責吧。」

「呵呵呵，會讓各位見識什麼才是至高的蘑菇喔。」

留下像是料理漫畫的臺詞後，哈爾卡拉進入房間。

◇

然後到了中午。

在戶外排好桌子與椅子，開始調理。

其實只是不斷在鐵板上燒烤蘑菇而已。

「噹噹～！採集到相當多種類的蘑菇囉！」

確實有白的有黑的，還有紅的。像雞蛋的，特別像雨傘的，甚至還有單純像棍子的，種類五花八門。

「這些都沒有毒性，放心吧。以抹上一層奶油的鐵板燒烤，再滴上幾滴艾爾文，光是這樣就超好吃的喔！」

艾爾文是一種類似醬油的醬汁。

奶油醬油烤蘑菇嗎？確實很好吃呢。應該非常適合清酒，所以我也準備了一些酒。

「主人，今天從白天就要喝酒嗎？」

芙拉托緹問我。老實說，被她一問，多少有些難為情。

「有什麼關係。今天哈爾卡拉也放假，大白天就喝醉也無妨。」

就這樣，蘑菇趴正式開始。

「先從正統的地精隱密之家開始烤喔。」

「呃，怎麼一下子就冒出沒聽過的名稱啊。」

地精是矮小種族的名稱。

「這附近沒有原生，所以是在房間內栽培的。大小可達到矮小的地精種族足以躲進去，非常有蘑菇的味道喔。」

吃了一口後發現，果然沒錯。就像味道濃郁版的香菇。

而且與奶油醬油的味道很搭！

還有，還有，和酒一拍即合！

「呼～！與酒好搭配啊～！真好吃！」

哎呀，大白天就喝酒，太棒了！而且蘑菇也太棒了！

其他蘑菇理所當然也很美味。應該說，奶油醬油的搭配太強啦。幾乎什麼都會變好吃。

「這是黑矮人菇呢。在長得太大之前採集味道更好，我嚴選了不錯的採集喔。」

「嗯，好吃。」

連不太喜歡吃蔬菜的夏露夏都滿足地享用。

肉食系的萊卡也稱讚「相當美味呢」，不停以叉子戳起蘑菇。

嗯，很熱絡，愈來愈熱絡囉。開蘑菇趴果然是對的。

「原來有長這麼多種蘑菇啊！森林內真是充滿神祕！好厲害！」

法露法則是稱讚整座森林。

或許可以稱之為平時難以察覺的森林魅力。

「怎麼樣，師傅大人？這不是只採集了沒有毒性的蘑菇嗎？」

「也對。抱歉之前懷疑妳。」

只要再三叮囑，就不會發生混入毒菇的失誤了嗎。

「這種紅色的是什麼呢？」

一邊說著，我將新品種蘑菇塞進嘴裡。

「噢，這也是地精隱密之家……不對，是地精變變菇呢。」

「哦，又是名稱奇怪的蘑菇耶。」

「對啊，是據說吃了會變得像地精一樣小的毒菇。」

「哦，原來是毒菇啊——喂，等等。」

我面無表情，伸手置於哈爾卡拉的肩膀上拍了拍。

「妳剛才說毒菇吧？是不是說了毒菇？」

「呃，師傅大人，眼神好可怕……」

「都已經再三提醒過妳，在森林採集蘑菇的時候要注意……」

「不是啦！在森林採集的我、我有謹慎挑選！只不過在自己房間栽培的蘑菇中，採集到不能直接吃的品種了！」

「我才不管！難道妳以為我會說『在森林裡沒有採集到毒菇所以原諒妳』嗎！」

太大意了。我太小看哈爾卡拉的迷糊了……

「沒事吧，媽媽？如果感到不舒服的話，夏露夏帶妳到床上休息。」

夏露夏一臉不安地來到我身邊。女兒的關懷真是窩心。

「話說，妳和法露法沒有吃吧？」

夏露夏搖搖頭。後方的法露法也跟著搖頭。

兩人身軀明顯嬌小，唯有這一點讓人擔心。

老實說，萊卡與芙拉托緹都是龍族，體質沒有虛弱到吃一個毒菇就會沒命。

哈爾卡拉知道怎麼對應，應該不要緊吧。羅莎莉則是幽靈不會死，況且她也沒辦法吃，所以沒問題。
以我的狀態而言，毒菇應該吃不死人。
所以可以視為已經防範了最壞的情況。
目前我的身上也沒發生什麼明顯症狀。
「所以說，地精變變菇的毒性是什麼？」
「這個呢……雖然是極為珍貴的蘑菇，但好像身體會變得和地精一樣……」
「意思是身體會縮小嗎？吃蘑菇怎麼可能引發這種效果……」
結果我的身體明顯產生變異。
感覺身體好像輕飄飄浮起來。
彷彿一下子發高燒……
就這樣，大約十秒鐘左右吧，意識突然中斷──

然後我睜開眼睛。
首先感覺到衣服變得鬆垮垮。臉完全陷進帽子裡。
摘掉帽子後，發現哈爾卡拉看起來無比巨大。
奇怪，難道是意識模糊才導致距離感錯亂嗎？
萊卡與羅莎莉看起來也特別大。所有人看起來都像姊姊。

居然連夏露夏看起來都好大。什麼時候變得這麼像姊姊了？發育期？

夏露夏也看著我，不停眨眼睛，露出以夏露夏而言十分難得的驚訝表情。

這時候，突然有人從身後緊緊摟住我。

「哇～！好可愛！媽媽，好可愛喔！」

噢，這個聲音是法露法吧。不過我卻被她抱起來，法露法的力氣有這麼大嗎？難道這也是發育期才有的特技？

「法露法比媽媽可愛一百五十倍喔。不過，聽到法露法稱讚可愛，媽媽也很開心。」

「嗯，因為媽媽變得好可愛呢！」

真是怪了，我今天有這麼努力化過妝嗎？

附帶一提，這副身體在三百年內一直維持十七歲，因此肌膚也十分緊致。可不是靠化了妝看起來也像自然妝的高度化妝技術，而是真的只要薄薄的自然妝就很好看，不過那是另一回事。

這時候萊卡慌忙跑來。果然，感覺她顯得特別大。

「萊卡，我的遠近感從剛才就不太對勁耶。」

「亞梓莎大人……您還沒察覺嗎？」

女兒的可愛早在很久以前就察覺了，應該不是這個意思。

「是亞梓莎大人變小了……大概像五歲或六歲小孩吧……」
「…………」
我再一次看著鬆垮垮的衣服。
「…………嘩～～～！變得好像名偵探一樣！」
「亞梓莎大人，這與偵探沒有關係吧！難道連精神都錯亂了嗎!?」
啊，精神方面倒是很穩定。

◇

急忙回到高原之家後，首先站在鏡子面前。
只見一個身材嬌小，迷你外表的小孩。
「是小孩呢……」
「對啊，甚至可以說是幼兒了。」
附帶一提，哈爾卡拉不停低頭道歉後，關在房間裡尋找復原的方法。
我也嘗試施放過解毒魔法，但縮小效果似乎已經產生完畢，所以無效。因為不算正在削弱體力的關係吧……
吃下意思為『會變得像地精一樣的蘑菇』就變成這樣，果然名符其實。

既然沒有進一步的毒性，表示暫時沒問題吧。

「希望不久之後就會復原。身體變成這樣也沒衣服可穿，傷腦筋呢。」

「呃，亞梓莎大人……」

萊卡略為摀著嘴。

難道看見悲慘的我，同情油然而生？

「這個……雖然可能很沒禮貌，但請讓吾人說吧。好、好可愛……真的好可愛。」

我應該感到高興嗎……？

這時候一臉開心的芙拉托緹跑來。

雖然有種不好的預感，可是自己動作太慢逃不掉。

「哇～好可愛喔！主人好可愛喔！飛高高～！飛高高～！」

「不要將我捧起來啦！另外，沒有小孩子這樣會開心的！而且，晃動得太激烈了，有點恐怖耶！」

結果被家人徹底把玩了一番……

之後，萊卡前往弗拉塔村購買童裝。我跟著穿上。帽子似乎也在別處買到大小合適的尺寸，看起來就像平時的我迷你版。

「來，媽媽，嘴巴張開～！」

© Benio

我坐在地板上的時候，法露法端了餅乾過來。

「別當媽媽是小孩子——等等，小孩子嗎……」

嘴巴一張開，餅乾便迅速塞進我的嘴裡。

嗯，真好吃。可是，總覺得心情有點複雜。

接著換夏露夏，小心翼翼捧著厚重的書來。

「今天為了幼兒，念故事給媽媽聽。」

「好啦好啦，媽媽是幼兒。」

「要念的是《默想錄》上冊的《知識與體驗在本質上的相異》。是針對直觀認知，正式論述的名著。」

「這門檻也太高了吧……」

「聽著聽著就會睡著了，也很適合幼兒午睡。」

總覺得哪裡怪怪的，不過就陪她吧……

之後夏露夏解釋「憑藉知識的積累無法產生直觀的認知」之類的論點，但我還是聽不太懂。

眼皮漸漸變沉重。這種反應該不會也變得和小孩一樣了吧？或者只是這本書真的很無聊？

背靠著牆壁，我開始打盹。

然後法露法來到我的身邊陪睡。

「媽媽，好可愛～我們一起睡覺覺吧。」

「好哇……好睏……只想睡覺……」

雖然覺得就這樣睡著也不錯，但夏露夏突然站起身——

「喝！靈性覺醒吧。」

給了我一記超微弱的手刀！

「拜託，別吵醒我嘛……」

「這就叫做直觀認知，只能透過體驗喚醒。」

該不會因為她念書給我聽時我快睡著，才會生氣吧？

「不過……睡覺也是一種體驗……夏露夏允許。」

結果答應了啊。

「夏露夏也想睡覺……」

夏露夏來到我的另一邊，三人一起午睡片刻。

偶爾這樣子也不壞呢。

用餐時間，發生與平時不太一樣的小插曲。

我的蛋包上頭插了一支神祕的旗子。

「難、難道這是兒童午餐模式!?」

「如何呢？今天為了亞梓莎大人的外表而加了一些新奇喔！」

萊卡也露出自信作品的表情。

「大家玩我玩得太開心了吧……」

反正多半馬上就會復原了。

比方說明天早上，醒來後發現衣服變得很緊之類的結局。

「……萊卡，這是不是比平時還多啊？」

「不，這樣已經減量了喔。果然胃口也變小了呢。」

原來如此，某種意義上，這個身體可能很省油喔。

羅莎莉在頭頂上表示「即使身體變小，靈魂的重量依然不會改變呢～」到底是怎麼測量的啊。

「話說沒看到哈爾卡拉呢。」

「哈爾卡拉小姐說要調查事情，一直關在房間裡。」

我有不好的預感。不，不會吧，不會吧……

「請問，亞梓莎大人，有件事情可以拜託您嗎？」

萊卡一臉喜孜孜。感覺像是在壓抑喜悅。

「嗯，什麼事？」

「在用餐中可能有失儀態……但是能不能讓吾人摸摸您的頭？」

聽得我眼神空洞地嘆了口氣。

「……真是的，儘管疼愛我吧！我也下定決心了！」

之後讓萊卡摸了過癮。不過整體而言，她摸得有些戰戰兢兢。可能還不太習慣吧。畢竟我經常撫摸女兒們呢。

「如何？滿足了嗎？」

我一臉鬧彆扭的表情吃晚飯，萊卡坐在我身邊。

「總覺得好像明白亞梓莎大人對兩位女兒感受的心情了……嘩，太可愛了……不滿地略為嘟起的臉也太可愛了……」

對啊，小女孩不論露出什麼表情都很可愛。即使突然講起政治，也會認為是反差萌之類的吧。

之後，芙拉托緹也停下用餐的手，表示「只有萊卡真不公平！」跑來撫摸我。算了，被多少人摸都一樣啦。

「肯定是我芙拉托緹摸起來比較體貼吧？撫摸的方式比萊卡還溫柔吧？」

連這種事也要較勁啊……

「媽媽，法露法開始想要個弟弟或妹妹了呢。啊，夏露夏是雙胞胎所以不算喔。」

「為了自我成長，夏露夏也想增加接觸年幼者的機會。」

拜託拜託拜託拜託，這不就代表生小孩嗎……？我甚至還沒結過婚呢！

這時候羅莎莉飄下來勸導兩人。

「兩位，這個要求是沒辦法的喔。」

沒錯，好好說說她們。

「首先必須從尋找結婚對象開始才行呢。」

這又不是順序的問題！

「這個呢，在我認識的範圍中，死靈庫魯德先生啦、怨靈巴路塔先生等人都很帥呢。」

「別在死人之中找對象！」

說起來，增加法露法或夏露夏這樣可愛的孩子是件好事，可是我沒有這種計畫。更何況世界上哪有像她們兩人這麼可愛的小孩呢。不，肯定沒有吧。

一邊心想這些事情，同時吃著附帶的沙拉。感覺苦味比平時還強烈。話說回來，小孩子會留下蔬菜不吃，該不會是因為比大人更容易感到苦味吧。

這時候，哈爾卡拉前來。

「我來晚了！」

清爽表情像是擺脫了附身的事物一般。

「哦，知道怎麼恢復原狀了嗎!?」

結果，哈爾卡拉突然跪在我面前，低下頭去。

「不知道怎麼恢復原狀，非常抱歉！」

「那妳怎麼露出有些痛快的表情啊!?」

「決定坦承一切、只能道歉後，表情就變成這樣了！我完全沒找到任何提示！只有，只有，誠心誠意地道歉！」

就算道歉也解決不了任何問題！

「別擔心，根本沒問題啦，主人。」

芙拉托緹扠起手，擺出穩重的姿勢。

「只要由我們養育大約十二年，主人就能恢復之前的容貌了。」

這樣解決太花時間了吧！

既然這樣，就沒辦法了。剩下的選項寥寥無幾。

「拜託魔族吧。上一次幫她們尋找了不死族，應該會幫助我們吧。不，我要強迫她們幫忙。」

我嘗試召喚別西卜的魔法——原本這麼想，但是發音不準有可能害她出現在浴缸，因此我等洗澡水燒好後，才來到外頭畫魔法陣。

「亞梓莎大人，這麼晚不能獨自出門喔。」

「拜託，這片高原絕對不會有變態的啦。」

畫魔法陣也相當麻煩。變小後有許多困難之處呢。

「沃撒諾撒諾農恩狄希達瓦・維依亞尼・恩里拉！」

詠唱咒語後，周圍出現類似黑霧的東西，別西卜卻沒出現。

我心想應該沒問題，於是回家。但是一眼卻沒見到別西卜。

難道身材變小後魔法也變得力量不足了嗎……？

三十分鐘後，一身熱呼呼的別西卜來到餐廳。

「真是舒服的熱水哪～♪」

「至少通知一下出現在浴室裡嘛！」

會召喚她就代表有急事耶。雖然特地燒好熱水也沒什麼說服力。

「嗯……？妳是誰啊？怎麼這麼像亞梓莎……該不會是亞梓莎有血緣關係的女兒吧……？不，這種事情是不是不應該打聽才對……？」

雖然知道她又會產生奇怪的誤會，但這副外表實在沒辦法……

「不是啦，是我，我。亞梓莎！」

我指了指自己的臉，強調是本人。

「哦，在妳們這邊習慣連女兒也取同樣的名字嗎？」

「不對不對不對，不是什麼小亞梓莎，就是本人！高原魔女亞梓莎！吃了毒菇才變小的！」

一段時間，安靜得有些奇妙。

之後，我突然被別西卜捧起來。

「好可愛哪～！居然這麼可愛！可愛得好危險哪！」

「拜託，放我下來！放我下來！被當成小孩有點討厭，快住手！」

「討厭被當成小孩的小孩真是刁鑽又可愛哪！」

哪有啊！我的情況，只不過心智是大人而已！

「然後呢，不知道復原的方法，才想藉助魔族的智慧與人脈。」

「原來如此，所以才召喚小女子嗎？」

一邊被別西卜捧起來，我同時點點頭。

看來狀態並未隨著尺寸縮小而下降（否則召喚別西卜的魔法理應不會成功），抵抗的話或許能掙脫，不過看起來無力也無可厚非，就順從外表吧。

「只要找找范澤爾德城邑，或許會有什麼資料吧。」

「也對！幫忙想想辦法吧。一直這樣很傷腦筋呢！」

「……傷腦筋嗎？」

這是什麼反應啊。

「就這樣，當個最強的小孩活下去也不錯吧？小女子也沒料到能見到妳這樣的一面哪。」

慘了！她想讓我維持這個模樣！

「不用法露法或夏露夏的其中一個，由妳當小女子的養女也可以喔？小女子會好好施行英才教育的。」

免了，我可沒有要求這樣！

「那麼我就到處宣揚，偉大的惡魔別西卜曾經輸給小女孩。」

「什麼！這樣太賊了，太賊了！」

「為了恢復原狀，我會不擇手段！」

雖然別西卜露出『唔唔唔……』不情願的表情，最後似乎還是屈服了。

「知道啦。不過少了本人的話，調查進度會窒礙難行，所以妳也得來范澤爾德城喔？」

「這點小事倒是無妨。況且可能也需要調查之類。」

「還有，要帶夏露夏與法露法兩人一起來哪。」

「嗯，這也沒有問題……雖然沒有問題，不過這有什麼意義？」

表情認真的別西卜如此表示。

「小女子會感到開心。」

◇

之後，找來利維坦的法托菈，我與兩個女兒乘坐化為巨大航艦的法托菈，與別西卜一同前往魔族的領地。

附帶一提，移動中幾乎都受到別西卜的疼愛。

端出的點心則涵蓋了世界上各式各樣的口味。

甚至有以餅乾製成的「糖果屋」。

附帶一提，料理似乎是有口皆碑的瓦妮雅被強迫製作的。

端來的時候，可以看得出她面露疲態。

「上司～～再怎麼說，這次的班表都太勉強了啦……重要的會議已經開了天窗吧……？」

「所以才事先報告『有事情實在抽不開身』不是嗎？行政程序會先辦妥，放心吧。」

「噢，好吧……那就吃些點心吧，這次的布丁可是自信作品喔。」

是有彈力的硬布丁，我以湯匙送進嘴裡。

「真好吃！可能味覺也變成小孩子，感覺比平常更好吃呢！」

兩個女兒似乎也心滿意足。

「真好吃，超～級好吃的呢！」

「美味。彷彿作夢般美味。」

見到這一幕的別西卜表示「真美好的光景哪，堪稱世界最美麗的景色。」說得這麼肉麻，有點噁心喔。

甚至還大家一起洗澡，睡覺的時候也在大床上排成川字睡在一起。不過四個人就不是川字了。

我被法露法抱著，又被別西卜抱著睡。

夏露夏則宛如靠著大樹般，緊貼在別西卜身邊。

「嘩～真是天堂哪！天堂哪！可愛到爆炸哪！」

魔族別連續呼喊天堂好不好……

結果，在船艦上（雖然不是船艦，而是法托菈）一直被別西卜寵愛，就這樣來到了范澤爾德城附近的起降場。

降落前被坐在座位上的別西卜緊緊抱住。

「呃，我又不是布偶……」

「降落的時候會搖晃，搖晃摔跤很危險哪。」

「怎麼會危險，妳又不是不知道我很強……」

「兩件事情不一樣。怎麼能混為一談～抵達城堡後，有些國家會議必須出席，雖然分隔兩地，但是要當個乖孩子喔？」

這魔族真的丟下國家會議不管，以我為優先嗎？

雖然拜託她的我抱怨很奇怪，可是這樣不會出問題嗎？

「夏露夏與法露法，妳們可要照顧亞梓莎喔？」

「嗯！會照顧媽媽的喔！」

「會監督媽媽別吃太多點心。」

兩人都老實地回應。拜託，我就算變小了還是媽媽耶！

「媽媽，要上廁所嗎？」

「希望口渴的時候能老實說。幼兒由於身體嬌小，容易罹患脫水症狀。還有，史萊姆的身體有九十九％以上是以水組成的。」

完全當我是小孩了。

還有，原來史萊姆是類似水母的生物啊……幾乎都是水嘛。

看來身體變小後，會自動被當成小孩。

其實並非感到不悅，或是不甘心，但實在有些地方難以接受。話雖如此，以這種身體抱怨，也只會被當成小孩子鬧彆扭之類的反應，所以無可奈何。

「好，趕快幫我尋找能恢復大人的方法吧！」
「裝大人的亞梓莎，真是可愛哪～！」
「拒絕承認自己是小孩的年紀。第一次反抗期。」
自己也是小孩的夏露夏還做出奇怪的分析。
喂！我終究是大人好不好！妳們的反應才奇怪吧！
若以多數決定，她們才是對的，沒辦法。
我讓法露法與夏露夏牽著手，從法托菈身上降落。

◇

別西卜真的『飛』奔衝去開會（似乎真的拖到最後一刻都以我這邊優先），之後我們在法托菈與瓦妮雅帶領下來到城內。
再度來到范澤爾德城。我也逐漸記住城內的相對位置了。
「總之，先進入城內的賓客用房間吧。已經挑選了幾位專家，屆時為您介紹。」
「謝謝。那就拜託妳了。」
即使我變小，法托菈依然一如往常，公事公辦地對待我。連這方面都展現個性呢。

「還有，別隨便跑到外面去喔。」
「咦？沒有誰會吃掉人類幼童吧？」
「是不會有這種事，可是……被魔王大人發現的話，難保不會引發多餘的騷動……」
即使法托菈選詞用字，還是說出了想說的話。
「噢……被佩克菈發現的時候確實很麻煩……」
我到現在還不太擅長應付她。
一言以蔽之，她實在太任性了。而且還喜歡惡作劇。
畢竟是魔王，或許理所當然，但她會面不改色折騰身邊的人。我可不想被她折騰。她是自己的利益永遠優先於他人利益的類型。
「瓦妮雅，保險起見，妳先到前方走廊確認魔王大人在不在。」
「好～我知道了！」
瓦妮雅腳步粗魯地以傻乎乎的姿勢往前走。那孩子應該不會飛黃騰達吧。就算真的飛黃騰達，多半也會立刻引發醜聞，遭到降調……
「那孩子，就不能……改掉渾身散發的傻乎乎氣質嗎……」
等妹妹不在後，姊姊說出了真心話。
「相信她努力就能成功至少上百年了，難道她努力也沒辦法嗎……」

天啊，雖然我是獨生女，但還是能體會法托菈的苦惱！

過了一段時間後，瓦妮雅跑回來。

「放心！完全沒有魔王大人的蹤影！」

「瓦妮雅，聲音再小一點啦！否則會被別人聽到吧！」

相信依舊傻氣的瓦妮雅，我們快步走在走廊上。神祕的小孩三人組雖然顯眼，但形跡可疑反而更引人注目，因此我們都一臉若無其事地前進。

然後，順利抵達我們預定潛伏的房間門口。

「呼，好不容易抵達了這裡呢～」

「媽媽這麼嬌小，所以不顯眼喔～」

「以前也曾經利用身材矮小的人擔任偵查，這也是同樣的應用。」

微妙地覺得兩個女兒有些腹黑。

好，那就開門吧！

「………不會吧，真的假的？居然搆不到……」

門把的位置出乎意料地高，轉不到！

連跳起來都微妙地構不著！

「啊哈哈哈哈！」

「瓦妮雅，笑出來很失禮喔。畢竟是客人，即使滑稽也要保持沉默。噗噗噗……」

被利維坦姊妹嘲笑！

可惡，真是奇恥大辱！可是自己的動作滑稽是事實，抱怨她們反而說不過去。真要抱怨的話，應該抱怨造成這種原因的人，嗯，就抱怨哈爾卡拉吧。可惡的哈爾卡拉！

「啊，終於抵達了～」

喀嚓一聲法露法開門後，我們走進房間內。

這棟建築物根本沒有無障礙設計嘛。拜託設計成小孩子也能開門好不好。

法露法挺直身體，就能確實打開門。

「那麼，由法露法開門囉～」

「您好呀，姊姊大人♪」

傳來超級討厭的聲音。

佩克菈正在房間後方的桌旁享用茶飲。

「等您好久了呢♪」

被佩克菈發現了。完完全全被發現了。

「呵呵呵，別小看魔王的力量喔。呵呵呵，呵呵呵～」

哇咧，她看起來超開心的。打從心底感到開心。

另一方面，我滿臉黑線。真的，絕對會被她徹底玩弄……

然後過不到三十秒，就被站起身的佩克菈抱起來。

算了，隨她高興吧。我逐漸習慣了。

「哎呀，姊姊大人竟然變得這麼可愛。這麼嬌小肯定完全無法自理，看來得由我照顧一輩子了吧？」

聽得我背脊發涼，她有可能真的做出這種事……

「總不能一輩子給妳添麻煩吧，所以我很想復原……」

「欸~真是可惜！至少在我厭煩之前維持這樣比較好呢。」

就說掌權者的這種基準很危險耶！

拜託不要以自己厭煩與否為標準好嗎！

「也對，那就問問看姊姊大人的親人吧。」

佩克菈又咧嘴露出黑暗的笑容。這個惡魔……

「法露法妹妹與夏露夏妹妹覺得媽媽維持這樣好嗎？還是希望恢復原狀呢？——另外，媽媽維持這樣的期間，想要多少點心都可以送給妳們喔。」

「唔~嗯……該怎麼辦呢……」

「終極的選擇。夏露夏正面對等同於『究竟想活還是要死』的煩惱。」

嗚哇！兩人都快被區區點心收買啦！

「兩位，想不想要這麼可愛的妹妹呢？」

「嗯，法露法，想要夏露夏以外的妹妹！想要像妹妹的妹妹！」

相當新鮮的意見，不過我明白！因為夏露夏實在不像妹妹呢。

「夏露夏也認為應該接受與妹妹相互接觸的情操教育。」

要接受情操教育的一方使用情操教育這個詞有點奇怪吧。如果不是已經受過完整教育，是說不出這個詞的喔。

「法露法，夏露夏，救救媽媽！媽媽想恢復原狀！」

「哦，姊姊大人，要使出眼淚攻勢嗎？」

「佩克菈……妳可別以負面文宣針對我說的話打壓喔……」

「因為我是魔王呀~♪對以前的人們而言，可是恐怖的象徵呢~♪」

佩克菈非常開心。反正自從被她發現，就只能任他擺布。

法托菈與瓦妮雅兩人組都露出闖大禍的表情呆站在原地。

該不會擔心被自己的主人罵吧。

「好啦，玩笑就到此為止，那就提供讓姊姊大人復原的方法吧。」

太好了，她似乎願意認真提供協助。

「謝謝，差點以為真的要被困住了……」

「姊姊大人，我也是有血有淚的喔。」

鼓～起臉頰的佩克菈抗議。

隨後，隨侍佩克菈的魔族們在我面前攤開布製地圖。

「提到解毒作用，只要登上世界樹頂樓的藥局應該就可以了。在那裡販售古今東西，各式各樣的任何藥品。肯定會有能消除任何毒性的藥品吧。」

世界樹嗎？雖然聽起來很有奇幻風格，不過連我都聽過其存在。

話雖如此，卻是傳說中的存在。畢竟距離人類居住的土地太遙遠了。

即使在魔族的領地中，也距離范澤爾德城相當遠。好像是聳立在廣大森林中的樹。

「果然必須親自跑一趟才行啊。」

「欲速則不達。去了那裡絕對不會無法改善，況且也比嘗試可疑的治療方法來得好。」

聽她這麼說我只好屈服。

比方說中世紀歐洲如果也碰上久病不癒，就會採用放血這種放掉血液的療法。據說放掉骯髒的血液就能恢復健康。從結論而言，這種療法對身體並不好。絕大多數情況下，只會讓身體衰弱。

「知道了，那麼就試著登上這棵世界樹吧。能稍微解釋一下結構嗎？」

「既然是姊姊大人的拜託，那就不能不說明了呢。」
根據佩克菈的說明，世界樹的內部呈現空洞，一言以蔽之類似巨大建築物。
每一層樓分別定居著各式各樣的種族。
人口比例為魔族四成，精靈四成，矮人兩成。
「那麼只要不斷往建築物上層前進就好了嗎？那就輕鬆囉。」
「不過世界樹內就像十分複雜的迷宮，連居住在底下樓層的居民，都沒有幾人抵達號稱有一百零八層的最頂樓。中途還有許多凶暴野生動物出沒的區域喔。」
原來如此，等於大規模地下城嗎？
「沒關係啊，偶爾冒險一下也不錯呢。」
憑我的能力應該能闖到最頂樓，獲得解毒藥劑吧。
「我知道了，那麼就派瓦妮雅小姐飛到世界樹囉。」
佩克菈一臉微笑。
「啊，還是非去不可嗎……哎，也是啦……」
她似乎很不情願……
「只有妹妹不太放心，我也要一起去。」
法托菈舉起手。
「附帶一提，別西卜大人由於曠弛政務的影響，現在百忙纏身而無法同行。」

「噢，嗯……給她添麻煩了。」

法露法要去的話，她應該會立刻說要跟去，不過她的好意就心領了。

「可能有地方對兩人很危險，所以她們就留下來吧。」

「也對。只要兩人留下來，別西卜小姐也會接受囉～♪」

佩克菈的想法果然很壞心。

安慰自己，至少這一趟世界樹之旅沒有佩克菈跟來吧……

亞梓莎・埃札瓦（相澤梓）

本書主角。一般以「高原魔女」之名為人所知。轉生成為永保十七歲容貌，長生不老魔女的女孩（？）。不知不覺中變成世界最強，也遭遇過不少麻煩，但因此擁有了家人，非常開心。

堅持下去就是力量。
我只做能堅持下去的事情！

亞梓莎大人，今天吾人依然
會誠心誠意，努力精進！

萊卡

龍族女孩，高原魔女亞梓莎的徒弟。一本正經又相當自我感覺良好，卻是認真而努力不懈的好孩子。非常適合哥德羅莉或女僕服等輕飄飄的褶邊服裝（本人倒是十分害羞）。

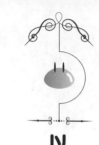

以世界樹的頂樓為目標

She continued destroy slime for 300 years

於是我、瓦妮雅與法托菈三人以世界樹為目標。

瓦妮雅的飛行本身沒有問題，順利抵達世界樹前方——

「親眼目睹後還真有衝擊性啊……」

這就是我的第一印象。參天的樹木幾乎達到天際。說是樹，其實樹幹周長太粗了，看起來彷彿巨大的牆壁聳立。

上頭似乎看得到樹枝與樹葉，勉強感覺還是棵樹。

「世界樹，真是懷念啊。上一次來是校外教學呢。」

法托菈表情認真地表示。或許對本人而言十分稀鬆平常，不過魔族有校外教學聽起來有些不對勁。

「我在校外教學去過的地方也和姊姊一樣，都包括世界樹喔～」

「兩位都在校外教學去過啊。那應該沒什麼問題。」

我略為小跑步前往入口。

由於步輻變小，沒有小跑步會被拋在後頭。

然後，我終於要進入世界樹的內部。

就算有複雜離奇的迷宮，也是為了恢復原狀。我一定會克服難關！

──結果一進入，就見到這樣的招牌。

通往十樓的升降梯近在咫尺！

1300柯伊努

「…………欸，這是什麼？」

附帶一提，柯伊努（註3）是魔族世界的貨幣單位。與小狗無關。

「因為許多人以世界樹的上層為目標，才會連這種升降梯都有生意可做。只不過越往上爬需要花越多錢呢。」

法托菈再度不以為意地表示。

「呃，可是我聽說還有類似迷宮的部分……」

註3 日文同音幼犬。

另一邊還看到「世界樹獨創商品」的招牌。

也太像天空樹或東京鐵塔之類的景點了……

「當然也有迷宮的部分喔。十一樓與十二樓棲息了野生的世界樹十一樓狼與世界樹十二樓狼，所以必須小心喔。」

「野獸的名稱太隨便了吧！」

「世界樹十一樓狼是只居住在世界樹十一樓的特有種。世界樹十二樓狼同樣以下省略。」

這什麼奇葩生態系啊。哎呀，不知何時瓦妮雅不見了……

「啊，不好意思！我剛才去那邊的店鋪買點東西！」

瓦妮雅手中捧著灑了砂糖的炸麵包。

「那裡有賣世界樹炸麵包，所以剛才跑去買了。這裡的炸麵包很有名，是極品喔！」

「完全是觀光景點了嘛……不過，讓我嘗一口。」

一吃之後發現，炸的火候剛剛好，而且灑上的砂糖酥脆感讓人欲罷不能，真好吃！

「我也去買一包。」

「因為身材嬌小，不可以吃太油膩的東西喔。」

雖然被法托菈提醒，結果還是買了。以小孩子的身材的確吃不多呢……反正邊走邊一點一點吃吧。

升降梯採用拉動繩索升起吊籠的手動式，以三名牛頭人的力量一口氣送抵十樓。

附帶一提我是小孩，所以半價。原來還有兒童票的概念啊……

十樓也有各式各樣的店鋪，不知為何還有店家販售人類世界的料理，好像餐飲街。

「不擅長戰鬥的人只能來到這裡囉～所以餐廳也特別多呢～」

瓦妮雅悠哉地表示。

「雖然能吐槽的地方很多，還是以十一樓為目標吧。畢竟今後的路還很漫長。」

然後我們前往據說有野生動物的十一樓。通往十一樓的樓梯口還要收野生動物保護費，一人五百柯伊努。這次我算是幼兒所以免費。

「附帶一提，登上十三樓也有要收費的出入口喔。」

「法托菈，這根本擺明了敲竹槓吧……？」

「是的。另外愈往上走，餐飲要加上輸送費就會愈貴，所以要購買就要在下層買齊。」

愈往上爬果汁費就愈貴，是山區觀光場所的法則！

十一樓呈現陰暗的密林，剛才的觀光場所氣氛頓時消失無蹤。

抬頭一瞧，大約十公尺高處可以見到天花板。世界樹的細胞壁區隔出樓層了吧。

「這樣的確可能會出現可怕的野獸呢。」

我下定決心。不管有幾隻都照打不誤。

不過卻再度白忙一場。

狼發出『嚎嗚～』的撒嬌叫聲接近我。

我試著伸手摸摸頭，狼隨即開心地搖尾巴。

「這是怎麼回事!?根本被豢養了吧！都拋棄野性啦！」

「因為以力量自豪的魔族會往上爬，於是牠們不知不覺就不反抗了。反而養成了只要低頭就能討到飯吃的習性之類。」

法托菈打開世界樹導覽手冊唸出來。

也是啦，區區狼族贏不了魔族其實很正常……

「太寵牠們會沒完沒了，繼續走吧。」

「總覺得一直與想像大相逕庭，或是出乎意料呢……」

來到十三樓後，又見到這樣的招牌。

通往十七樓的升降梯請往這裡。
大人一名2200柯伊努

「比剛才還貴，而且沒有登上幾層樓……」

「接下來的十八樓有野獸吧。據說有世界樹十八樓山貓這種專屬品種，以及野生的珍貴植物，世界樹十八樓薔薇。」

「然後，十九樓又有比這裡更貴的升降梯吧。」

「根據導覽手冊，運費好像高達三千柯伊努。」

我已經明白這裡的體系了。

總之就是想盡辦法摳錢！

這什麼惡魔的商業行徑啊！不愧是魔族！

「真是懷念呢～當年校外教學來的時候，曾經不想花錢嘗試從這裡能爬多高，結果一下子就迷路拖到黃昏，趕不上集合時間呢～」

瓦妮雅悠哉地表示。

「這一帶的居民以觀光產業維生，因此提高了迷宮的難度。還設置了無法輕易飛躍的坑洞，或是增加競技運動的要素，試圖讓人搭乘升降梯。」

法托菈以官方態度仔細說明。話說回來，這什麼耍寶空間啊……

之後我們數次搭乘升降梯並穿越野生動物區，好不容易抵達三十八樓。同時太陽也跟著下山。

該層樓顯然有幾間旅館林立。

意思是要往上爬的人就在這裡過夜吧。

可以從旅館房間瞭望外面的景色。不愧是三十八樓，真是絕景。

而且各房間還設置了能眺望外頭的瞭望浴池。

「與我原本想像的世界樹差別好大。」

為什麼身體變成幼童的我，會泡在浴池裡享受景色呢。

浴池相當寬廣，陪我來的兩人也一起泡澡。

「在我的印象中，是一柱擎天、風貌凜然地生長，散發更加神聖的氣氛呢。」

「以前的世界樹似乎是這樣。可是擋不住觀光勝地化的浪潮，才變成這樣。當時魔族領地掀起空前的觀光熱潮，開設了許多旅館與升降梯。」

直到現在法托菈依然冷靜沉著。心情終究維持工作態度嗎？

另一邊，瓦妮雅已經在浴池中睡著。可別溺水啊。

「該怎麼說呢，好像在看上輩子的世界縮影呢。那裡也有許多地方像這樣變成觀光勝地。」

具有智能的人，想法似乎都差不多。

「雖然三十八樓這邊還開設許多旅館，不過很快就會出現正式的冒險氣氛。從八合目（註4）開始也沒有升降梯可搭。」

這概念怎麼這麼像富士山……

「還有亞梓莎小姐，雖然這麼說有些不恰當。」

法托菈的視線從外頭的景色望向我。

「不過很感謝您提供這種機會。畢竟已經好久沒有和妹妹一起旅行了。」

讓我覺得窺見了姊妹之情。

「對啊。工作忙碌，姊妹很難抽出時間一起旅行呢。」

畢竟對家人而言，旅行可是很重要的呢。

偶爾我也試著和家人一起外出旅行吧，也該呼吸一些晴朗的空氣。

「不好意思，雖然這也是不折不扣的工作。」

「沒關係啦，抱歉讓妳為了這些怪事陪我呢。」

註4 山路高度的概略單位。

法托菈露出些許笑意。嗯，她也是好女孩呢。

「接下來的樓層會變窄，往上爬的速度也會變快。明天就在八十四樓的旅館住宿吧。再往上則連旅館都沒有，變成貨真價實的旅行了。」

「嗯，加把勁上吧。」

第二天我們三人也的確加把勁往前進。

總之就是只要撒錢，就能不斷往上爬。

然後在八十四樓的旅館住宿，以此行目的的一百零八樓藥局為目標。

從八十五樓開始，野獸也變得凶暴了些，會主動攻擊我們。

眼神極為凶惡的樹懶穿梭在生長於世界樹中的其他樹木中。

「哇，好像流著口水衝過來了喔！」

「那是流口水樹懶呢。」

即使敵人主動攻擊，法托菈還是在看導覽手冊。命名方式毫無尊嚴呢。

「該怎麼辦？要由我保護安全嗎？或是以妹妹當肉盾也可以。」

「不，沒關係。」

我主動縮短間距，一拳打飛流口水樹懶。

「以狀態而言，我似乎還有一定的戰鬥力。」

「哇～好厲害喔～！」

瓦妮雅誇我的方式好傻喔。

還有其他野獸衝過來攻擊瓦妮雅。這次感覺像是彈開腳邊類似草的植物同時暴衝。

「噢，這是流鼻水樹懶。我聽姊姊說過。」

「棲息的野獸太不正經了吧！」

牠的確掛著類似鼻水的東西。可是一點也不懶。還全力奔跑。

「牠的鼻水營養價值很高，有助於附近的植物生長。代價是植物會結果，提供給流鼻水樹懶食用。」

好噁心的生態系……

「不過似乎也需要動物性的營養，才會攻擊我們吧～所以說，隨手將牠們趕走囉。」

瓦妮雅衝上前使出迴旋踢。

沉鈍的聲音在樓層內響起。

彷彿暈過去的流鼻水樹懶渾身抽搐，除了鼻水以外連口水都流下來。

「不用說，妳們也很強呢。畢竟是利維坦啊。」

偶爾會忘記我的身邊都是強者，不過相比於世界的平均值，大家都強得可怕。

「是的。妹妹也不至於迷糊到這種程度。」

在這一點上法托菈也信任妹妹。

「好，我們快走吧。如果藥局關門了，就得再等上一大。」

「那可不好。法露法與夏露夏都會覺得無聊吧。」

「啊，不會啦。我們的上司會開心地照顧她們。不如說，上司肯定覺得我們晚點回去也沒關係喔～」

「或許是這樣沒錯，瓦妮雅，但這就不用多嘴了！」

反倒是兩個女兒太親近別西卜比較可怕。

我們幾乎沒有休息，不斷往前趕路。

除此之外還追過以世界樹頂樓為目標的登山客（雖然不是山，事實上卻是登山）。幾乎都是魔族。偶爾還有接受魔族護衛往上爬的精靈與矮人。可能是定居在世界樹內的居民吧。

◇

下午三點左右，我們終於來到通往一百零八樓的樓梯前方。

終於，終於來了。

我們互望彼此，相互點頭後，緩緩走上樓梯。

開啟樓梯上方的門，終於來到世界樹的外側。

景色比之前在旅館見到的還要棒。

一切都小得宛如豆粒一樣。

「哎呀，終於抵達這裡了呢，抵達了。真是太好啦。」

只可惜身材太嬌小，被防止跌落的柵欄擋住難以看見景色。

這時候，法托菈一把抱起我。

「我什麼都還沒說耶。」

「這點小事還是知道的。畢竟一起來到這裡了啊。」

對喔。以世界樹的頂樓為目標之際，在我們之間誕生了類似內心的連結。

就在我身旁的瓦妮雅語帶哽咽。

「奇怪，我怎麼……真是奇怪……明明不是會掉淚……嗚……的人啊……」

來到最頂樓後，緊張感頓時紓解，一股難以言喻的心情充滿內心。我也正在品嘗類似的感覺，所以明白。

「不行喔。目前還在工作。」

法托菈表示，並且遞給妹妹手帕。

不過，連法托菈的表情也快掉淚。

肯定不只是對於絕景感動不已吧。

這對姊妹相隔很久，兩人才一同達成某些目標。

原來就是登上世界樹的最頂樓啊。

「稍微休息一下吧。可以放我下去了。」

現在就讓姊妹兩人好好獨處吧。

「好的，謝謝您。」

應該立刻察覺到我的貼心。反正被察覺也不會怎樣，沒差。

我坐在距離姊妹不遠處的板凳上。

兩人手扶著柵欄，聊起往事。好像是以前爬火山的事情。

「若是小時候啊，瓦妮雅，可能差點就會一跳摔下去呢。」

「亂講，我才沒有那麼調皮。姊姊才是中途就喊累，抱怨愈來愈多吧。結果爸爸說，早知道就不該帶法托菈來。」

「因為爬火山的時候真的很累啊。況且比預定花了更多時間。」

「拜託，怎麼可能什麼都準確依照計畫呢。」

「那只是妳太隨便而已。」

兩人都一臉神清氣爽。啊，真好啊。這樣的姊妹真溫馨。

雖然特地來到世界樹很辛苦，但是有那個價值。有許多在高原之家看不到的事物。真的，真的太好了。

不久，法托菈與瓦妮雅來找我。

「我和瓦妮雅都充分休息了。亞梓莎小姐也ＯＫ了吧？」

「嗯，到藥局去囉。」

我們朝最頂樓的藥局展開最後衝刺。

其實從樹的外圍走五分鐘就抵達了目的地。

該處形成一小塊廣場。這裡正是世界樹最後的終點。

嚴格來說樹依然往上延伸，可以透過細長的樓梯登上頂端。要當成紀念也行，但在那之前得先達成我的目的。

廣場一旁有間店，是備有各式各樣藥品的藥局。

走進店內，隨即發現精靈女店員隔著櫃檯正在工作。

藥品放滿了櫃子，稱之為藥品百貨也不為過。

「不好意思。我吃了地精變變菇而變小，有沒有能恢復原狀的藥呢……？」

我詳細描述症狀，店員小姐也頻頻點頭應答。從表情看來，似乎沒什麼問題。

「這樣的話，最近得知某種藥品對此症狀有效。應該可以馬上治癒喔！」

「咦，真的嗎！太好了～！」

聽得我摸摸胸口鬆口氣。

「是最近熱賣的藥品，發現也可以治療。以前這種蘑菇治療起來頗麻煩呢，太好了。」

「哦，附帶一提，藥品叫什麼名稱呢？」

精靈店員小姐表示「是這個」，咚的一聲將藥瓶放在櫃檯上。

『曼德拉草錠』。

…………

哎呀，怎麼好像在那裡聽過……

不如說，家裡好像也擺放這種藥，當作常備藥……

「鼎鼎大名的洞窟魔女艾諾小姐製作的此藥，可以治療這種症狀喔！只要服用大約十顆就能見效。由於沒有會產生毒性的成分，服用這麼多也沒問題喔～！」

「噢，嗯，好的……」

我想起幸福的青鳥就在自己身邊的故事。

想不到在自己家裡就能解決這次的問題……

這時門扉一開，門鈴噹啷一聲響起。似乎有人進入藥局。

「妳好～我是洞窟魔女艾諾～帶來追加訂購的三盒藥囉～」

只見艾諾扛著極為普通的木盒站在該處。

「艾諾，妳怎麼會在這裡!?」

「嗯？是哪裡的小孩嗎？…………啊，高原魔女大人！」

也難怪連艾諾都驚訝，我簡單說明毒菇的原委，不過我比較驚訝艾諾居然會在這裡。

「因為這間藥局是傳說級別的知名啊。有幸在店裡販售『曼德拉草錠』本身就很光榮喔。哈哈哈！多虧『曼德拉草錠』賺了好大一筆錢，正在考慮下次改造洞窟要增設酒窖與撞球場呢。真是太開心啦～」

總覺得她似乎整個人都變了，之前不是說自己有恐慌症嗎……

「即便如此，來到這裡不是很辛苦嗎？效率也太差了吧……」

「咦？搭乘租來的運輸用飛龍，一下子就到這間店囉。」

喂，一下子就到是什麼意思啊……？

「世界樹藥局的店鋪入口在樹的外面，因此可以搭乘飛龍進入啊。龍族的尺寸比較進不來呢。」

換句話說，有飛龍能一下子就能抵達的目的地，我卻花了好幾天嗎……而且賣的還是家裡就有的藥品……唔……感到一股與小孩子的身體不相襯的倦怠……！

我當場無力地跪倒在地。

之前到底在忙什麼啊……

「高原魔女大人，請問怎麼了嗎？」

「沒啦，需要一點時間整理心情……」

法托菈與瓦妮雅也露出難以言喻的表情。看來她們同樣不知道搭乘飛龍就能來到頂樓。這的確類似一種搬貨用通道，一般人多半不會知道吧。

偶爾有寺廟與神社得登上一段很長的石板階梯才能抵達，結果後方有一條能開車上來的路徑，類似這種情況。

「該怎麼辦呢？城裡應該也有『曼德拉草錠』……」

一臉歉意的法托菈詢問。

「難得來一趟，就買吧……當作旅途的紀念。」

購買『曼德拉草錠』後，回程我搭乘艾諾的飛龍，降落到地表。然後乘坐利維坦化的法托菈，茫然之際以城堡為目標。

「啊，難道現在不服藥嗎？」

瓦妮雅問我。

「既然這樣，我要大家面前服用後復原。」

「原來如此，這倒是不錯呢！」

我才不吃眼前虧呢。

◇

回到城堡後，佩克菈表示「真是抱歉，姊姊大人。我完全忘記可以搭乘飛龍了。真是太迷糊囉。」

「這次的事情，妳絕對早就知道了吧……」

看她的表情就大致明白了。

「有什麼關係呢。步行登上世界樹也是相當愉快的經驗呢。」

雖然這是兩回事，不過既然這樣，我就要大張旗鼓一點。

「機會難得，也找別西卜與女兒們來吧。我要在大家面前變回原本的高原魔女。」

「……啊，似乎很有趣呢！」

好像有奇怪的停頓，但應該沒什麼問題。

就這樣，別西卜與法露法、夏露夏，以及這次陪我旅行的法托菈、瓦妮雅姊妹，加上佩克菈聚集在佩克菈的寢室。

「該怎麼說呢，真是白忙了一場哪……」

別西卜一臉歉意，不過這件事不能怪她。錯在變小的我（以及疏於檢查的哈爾卡拉）。

「沒有問題啦。只要結束就一切ＯＫ。我現在就變回大人！」

法露法與夏露夏都露出津津有味的表情。

連佩克菈都一臉打趣，讓人有點在意……

「那麼，我要服用『曼德拉草錠』囉！」

我以杯子裡的水吞服十顆錠劑。

好啦，接下來只要等變大就行了。

結果，沒過多久就覺得身體發癢。

原來這就是身體變大的感覺嗎。來，變大，變大吧！

其他人也跟著「噢噢～！」一覽。

不過，夏露夏好像露出訝異的表情。

「夏露夏很擔心。身體一旦巨大化，童裝不是會穿不下嗎……」

「啊。」

隨後傳來強烈壓迫感。

彷彿全身被強化身體的石膏繃帶勒緊……

然後傳來劈里的聲音。

眼看衣服逐漸破裂！慘了！

雖然不至於整件衣服爆開，可是卻破損到不能穿出去見人……

「呀～！姊姊大人羞羞臉！怎麼能讓妹妹看到這一幕呢！呀～！呀～！」

——即使嘴上嚷嚷，佩克菈看起來卻十分開心。

「佩克菈，妳也明知道這一點卻不告訴我吧！」

「姊姊大人在說什麼，我不太清楚喔。完全聽不懂呢。」

我居然在最後關頭犯這種錯……大概是之前變小的關係，受到了不小的打擊吧……話說回來，在場只有熟識的女性，所以也算不上什麼受害。

身上掛著破爛衣服的我蹲下去，同時拜託別西卜。

「幫我準備衣服。」

「知道啦……」

話雖如此，我可不能就這樣善罷甘休。

「還有，換好衣服後我要去大浴場。大家一起去。」

最後關頭最重要，所以我要再去一次。

「所有人一起泡澡就不害羞了，也有紀念復活的感覺，還有，我可要好好看一看佩克菈的裸體喔！這叫以牙還牙！」

© Benio

結果，不知為何佩克菈的表情不再從容。

「這個……姊姊大人，我不太習慣這樣……」

心想她怎麼會有這種反應，其實想一想也不奇怪。畢竟是魔王，沒什麼與其他人一起入浴的經驗吧。

「怎麼說呢……親親的話倒還十分嚮往，可是進一步的接觸……連書上都沒寫……」

原來如此……那就是她想像的極限吧。這孩子該不會還很純真吧……

我露出帶有惡意的笑容開口。之前吃了她的虧，現在全數奉還也不為過。

「佩克菈，這可是姊姊大人的命令。如果不聽話，可不原諒妳喔。」

佩克菈紅著臉，點了點頭。

城堡的大浴場真的是大浴場。

一言以蔽之，比我以前見過的任何豪華公眾浴池都更寬廣。

光是浴池就有五座，我們愜意地在散發紅酒香氣的浴池中泡澡。

「哎呀~寬廣的浴池不論泡幾次都最棒了呢。」

登上世界樹的時候也經驗過，人數愈多泡起來果然愈有感覺。

「小女子明白。工作疲勞後，泡起來特別沁入體內哪。」

別西卜原本就很喜歡溫泉，似乎非常舒暢。

法露法、夏露夏與法托菈、瓦妮雅姊妹也紛紛露出舒服的表情泡澡。

可是，只有魔王一人十分難為情。

在別的浴池泡澡，完全不肯過來。

原來她對這種完全沒有抵抗力啊。

身為「姊姊大人」，繼續無視她也很過分，所以我移動到她身旁。這點距離以瞬間移動魔法轉眼就能過去。

「來，我來囉。」

「呀！姊姊大人，這樣太羞羞臉了！」

在浴池裡哪有什麼羞羞臉，裸體才是正裝，雖然不可以緊盯別人看。

「這一次，妳的玩笑開得有點過頭囉。雖然利維坦姊妹兩人留下了不錯的經驗，也算是有好事啦。」

佩克菈的眼神在游移。完全變了個人呢。

「妳似乎難以與大家一起泡澡呢，有那麼害羞嗎？」

「因為，大家，胸部……都好大……」

她的視線盯在我的胸口。是這樣啊……因為總是獨自一人，倒是沒什麼機會見到別人的胸部……照這樣看來，如果看到哈爾卡拉的胸部大概會暈倒吧……

我移動到佩克菈的正面。

「聽好喔，佩克菈？不論有任何原因，我都算是妳的『姊姊大人』。所以，『妹妹』做了壞事要挨罵。知道嗎？」

佩克菈點了點頭。

原本想以拳頭稍微鑽一下她的頭做為懲罰，不過頭上長角沒辦法。取而代之我敲了一下頭，力道當然特地收斂。

「這個，對不起……」

「嗯，很好。這樣就兩不相欠啦。」

「姊姊大人，有件事情想拜託您。」

「嗯，什麼都可以說喔。」

「我可以……摸摸看姊姊大人的胸部嗎……？」

咦……？這是什麼意思……？

「我也想逐漸習慣……如果摸一下姊姊大人的胸部，或許可以就此免疫吧……」

「這怎麼可以呢！」

我急忙以瞬間移動回到原本的浴池。

「無論如何都不行嗎，姊姊大人！」

佩克菈跟著跑向我。

「因為妳要是覺醒什麼奇怪癖好，可就無法挽回了耶！況起妳的權力這麼大！萬一讓幾十名魔族女性哭泣的話該怎麼辦！」

這女孩還是保持純情就好。這樣有助於維護世界和平。

「姊姊大人，拜託妳嘛！」

「這種要求我可不能答應！」

心想當姊姊大人真辛苦的同時，我逃離佩克菈的身邊。

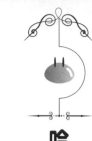

吟遊詩人來了

最近，餐廳內放了一塊貼便條的板子。
上頭貼著料理與掃除值日表等工作性內容，除此之外也會貼別的。

1日 25 ↑ **還差得遠了**
2日 23 ↑ **動作不俐落**
3日 26 ↑ **腳步太粗魯**

以下還有很多，就先到此為止，日期下的數字則是萊卡狩獵史萊姆的數量。
大約以二十隻以上為基準。
這樣看來，似乎還滿有幹勁的。記錄並不是壞事。
此外，一天要狩獵上百隻應該也不是問題。怎麼找到比較麻煩。
只是萊卡說，她不會這麼做。

至於原因呢，是因為如果有件事情必須勉強自己才能達成，總有一天會感到難受，反而完全失去幹勁。

這樣就本末倒置了，所以要在能完全成為習慣的範圍內進行。

附帶一提，數字底下的神祕感想，是芙拉托緹在搧風點火。她們似乎一起狩獵史萊姆。由於似乎不算真的在吵架，我就隨便她們。

當天兩人同樣在傍晚時分回來。今天輪到萊卡負責晚餐值日。

「亞梓莎大人，吾人回來了。」「主人，我回到家囉！」

兩人向正在餐桌閱讀珍貴植物相關書籍的我打招呼。

「好，辛苦了。去好好洗洗手，還要漱口喔。」

然後兩人前往引井水的洗臉檯，梳洗後回來。在這個世界中，高原之家的文明等級很高。

即使進入廚房，萊卡依然小練一下拳擊，算是空揮個幾拳吧。外表雖然可愛，但她可是龍族，一般人被打到可是會沒命的。這方面與被格鬥技選手真正攻擊到，會受到重傷一樣。

「動作比之前更加犀利了吧。雖然不知道以人類的外表練習有沒有意義……」

「真的嗎！太高興了！此外無論如何，感覺與龍型態都是一樣的，所以有意義。」

那麼，就這樣繼續下去，以最強為目標吧。

「堅持下去就是力量。吾人一定會以最強之龍為目標的！」

對實力不太講究的我其實不清楚，成為最強之龍的下一步是什麼，但就像運動員一樣總是追求比現在更高的目標吧。

這種情況，經常以『與自己戰鬥』形容吧。不論任何類別，持續變得比今天的自己更強都是好事。只要在不過勞的範圍之內都值得稱許。

正當我如此心想時，開開關關櫥櫃的萊卡表示。

「咦，蘿蔔與洋蔥都沒了呢。」

那可傷腦筋了，這與少了增添香氣的香草可不一樣。

「話說，法露法與夏露夏去買東西還沒有回來呢。那兩個孩子，該不會跑哪裡去了吧……」

由於兩人都很認真，應該不至於路上丟著買東西的目的不管。該不會太可愛，遭到綁架了吧……!?因為她們太可愛了呢……萬一真的發生這種事……

就在我胡思亂想之際，兩人隨即到家。

「不好意思~我們晚回來了。」

「因為有在意的事情而查了一下。」

兩人分別提著一個塞得滿滿的木製包包。

看來有確實買蔬菜回來。

「太慢了喔，趕快將蔬菜交給萊卡，萊卡很傷腦筋呢。」

「萊卡姊姊，抱歉。」「真不好意思。」

兩人邊道歉邊將買回來的蔬菜交給萊卡，勉強趕上了。

不過，夏露夏剛才這句話讓我有些在意。沒錯，遲到是有原因的。

「欸，夏露夏，在意的事情是什麼？」

不論好壞，弗拉塔村都沒什麼變化。很適合田園風光這個形容詞。

「村子的公告欄，張貼了大名鼎鼎的吟遊詩人前來的消息。」

「吟遊詩人？原來還來了這樣的人啊。」

吟遊詩人大致上分為兩種。

有受到各地宮廷招聘的吟遊詩人（然後直接成為宮廷樂士），也有輾轉各地的雲遊藝人。

會來到弗拉塔村，代表肯定是雲遊系的，不過雲遊系藝人也有名人啊，有點好奇呢。

「法露法剛才與夏露夏一起找遍了村子。不過，完全沒有發現喔。」

「白費力氣。」

所以才晚回家嗎？明白了。

我看了看月曆。正好明天是假日，哈爾卡拉也放假。

該不會從一開始就預定在假日演奏吧。

「媽媽也十分好奇呢。好，明天就去找找那位吟遊詩人吧。」

夏露夏點點頭，法露法開心地跳起來「哇～」一喊。兩人的反應呈現鮮明對比呢。

可是在天花板附近的羅莎莉卻露出訝異的表情。

「若是知名的吟遊詩人，我還算了解。以前待的建築物附近就是鎮上代替會場的廣場，我經常去看呢。」

「原來如此，看了很長一段時間的雲遊系吟遊詩人啊。」

「因為最近村子出了名，才有人來到這裡嗎～？該不會是鬃毛桑托爾吧，還是鳳凰萊可年呢……？但他們應該不會來到弗拉塔村吧……」

雖然我對這個世界的音樂界不太了解，但總該有人吧。

◇

隔天，我們全家上午就來到弗拉塔村。

在村子前方的公告欄，的確貼著華麗的廣告。

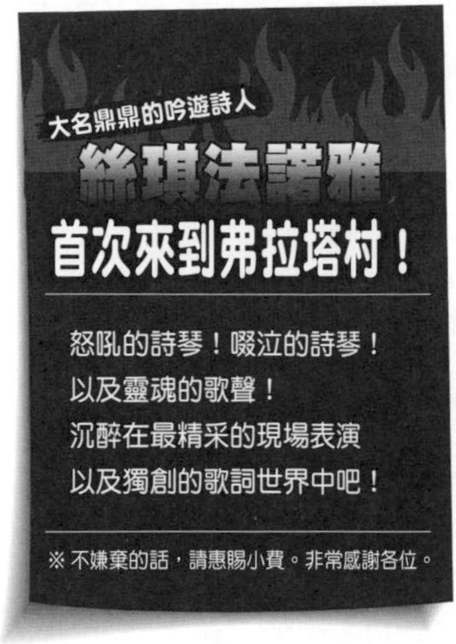
大名鼎鼎的吟遊詩人
絲琪法諾雅
首次來到弗拉塔村！
怒吼的詩琴！啜泣的詩琴！
以及靈魂的歌聲！
沉醉在最精采的現場表演
以及獨創的歌詞世界中吧！
※不嫌棄的話，請惠賜小費。非常感謝各位。

「這是什麼啊……？」

與我想像中的吟遊詩人不一樣……

該說整體內容很搖滾嗎……

「欸，羅莎莉，妳知道這個叫絲琪法諾雅的吟遊詩人嗎？」

「不，應該沒沒無聞。我從來沒有聽過。」

整張海報散發非常可疑的氣氛。

反正來的又是怪人吧。還是別扯上關係比較好。

畢竟我的體質很容易惹上麻煩，因此直覺反應到。

「與吾人所知的吟遊詩人也不一樣呢。過去前往人類城鎮之際，幾乎都是進入公會堂等地聆聽演奏，從未聽過雲遊吟遊詩人在廣場之類的地方表演呢。」

以日本的情況而言，就像只聽職業出道的音樂人曲子一樣。

「從萊卡這番話推敲，在雲遊四方的吟遊詩人當中，果然有些比較微妙呢。毫無疑問有上當的預感——」

「哇～！究竟會唱什麼歌呢？法露法很在意喔！」

「夏露夏想親眼看看。」

天哪！女兒居然超級來勁！

「欸，妳們兩個，應該還有其他更有趣的事情吧……？啊，今天要不要乾脆去納斯庫堤鎮呢？」

「法露法想看看吟遊詩人。」

「海報上寫得充滿自信，試著聽聽看也別有趣味。」

拜託喔！還是硬拉她們去別的地方算了？可是這等於打壓兩個女兒……

就在我陷於其實無關緊要的糾葛之中，芙拉托緹始終毫無反應。

原本以為她毫無興趣，但似乎不太一樣。

「絲琪法諾雅嗎？她也唱了很久呢，要說老鳥或許是老鳥沒錯。」
「咦，妳居然知道喔!?」
「芙拉托緹可是吟遊詩人迷，應該知道一千組樂團以上。」
原來我們家就有硬核粉絲。
「一千組……連自詡對吟遊詩人還算了解而得意的我，都覺得好丟臉……」
剛才斷定沒沒無聞的羅莎莉顯得很難為情，表情像是想找個洞鑽進去。畢竟是幽靈，即使沒有洞，也可以找牆壁或石牆躲進去吧。雖然像上次一樣卡在牆壁出不來可就麻煩了。
「有人慢慢地雲遊城鎮村落，也有人在大城市內換地方持續表演，不在人口稀少的鄉鎮村落裡露面。」
若以日本比喻芙拉托緹的說明，似乎就是巡迴全國表演的搖滾團體，以及只在東京內舉辦現場表演的搖滾團體。
「絲琪法諾雅原本是只在王都內悠哉表演的類型，但終於展開了全國巡迴嗎？也難怪羅莎莉不知道。」
就當評論家芙拉托緹老師的意見是正確的吧。
既然是家人知道的歌手，那麼去聽聽也無妨。
「好，就去尋找那位叫絲琪法諾雅的吟遊詩人吧。」

「好～！」「明白了。」

法露法與夏露夏立刻奔向村子中。

廣場上見到一名手持著詩琴的女性。

不過與其說詩琴，幾乎等於吉他了。而且特別稜稜角角，好像電吉他。

她的頭上長著長長的兔耳。

那好像是叫做菈米娜的獸人種族吧，兔耳遠遠望過去也十分顯眼。

另一項特徵是長著球狀的尾巴。

其他地方與人類女性接近，但菈米娜應該相當長壽。

而且，整體服裝很有攻擊性。

裙襬很短，手臂與脖子上還戴著有尖刺的裝飾。

可能因為村子娛樂不多，大約聚集了三十人。似乎正好現在要開始。

然後，菈米娜彈奏詩琴，開始唱歌。

『噢啊啊啊啊啊啊，破滅，破滅，破滅！噢啊啊啊啊啊啊，處刑，處刑，處刑！太陽與啊啊啊啊啊，月亮啊啊啊啊啊啊，跳起舞來哎哎哎哎哎哎！在地獄在黃泉在冥府——————！』

聽了開頭十五秒左右我確信。

早知道就不來了！

吉他獨唱（比起詩琴看起來更像吉他，就以吉他稱呼）的時候，甩頭時兔耳跟著前後擺動滿有意思的，可是我不太了解這種音樂性呢……

基本上好像是大吼大叫的風格。詩琴似乎彈得有模有樣，可是聲音好吵。不如乾脆別唱歌，只要彈詩琴就好了吧……

「老伴，耳朵好痛哪。」「回去吧，老頭子。」「爸爸，買奶油糖給我～」「找地方下盤棋吧。」

啊，原本圍繞在周圍的觀眾逐漸散去。

「嗚哇～！好可怕喔！」「到那邊去吧，姊姊。」

法露法嚎啕大哭，夏露夏帶著她離開……

果然，身為母親當初就該阻止嗎……

萊卡、哈爾卡拉與羅莎莉都一臉茫然。

真心話可能是不知道該怎麼解釋吧。

唱完一首歌的時候，觀眾只剩下我們家人（還少了兩人）而已。剩下的客人也趁曲子中斷的空檔準備離去。

不過，其中只有芙拉托緹手扠胸前，一臉認真地聆聽。

「嗯，曲子果然很有絲琪法諾雅的風格。聽到頭五秒的瞬間，馬上知道就是她。」

好像在發表感想喔……

「妳聽得懂剛才的曲子嗎？」

「主人，絲琪法諾雅在雲遊型吟遊詩人中，屬於激情系的罪惡系當中進一步劃分的死亡系呢。剛才的曲子是相當典型的死亡系。話雖如此，絲琪法諾雅在死亡系中也算接近孤獨系。偏孤獨系的牽連系吧。」

子類別太多了吧！

「哈哈哈，吾輩破滅的歌聲聽起來如何啊？」

啊，絲琪法諾雅開始帶動氣氛，這下子更難回去了……

「巡迴來到弗拉塔村還是頭一遭，但吾輩感受到妳們的熱氣啦！」

拜託拜託拜託，唱完第一首卻連拍手的人都沒有耶！

「畢竟是外地，這次唱的歌是以知名曲子組成的。下一首也是吾輩的代表歌，『灰色之夢』！」

雖然好像是代表，但我當然沒聽過！

『黑色與白色喔喔喔喔喔喔喔喔喔喔！啊啊啊啊啊啊啊啊！加在一起啊啊啊啊啊啊啊啊啊啊啊，就變成灰色啦啊啊啊啊啊啊啊！如果再加點黑色的話啊啊啊啊啊啊啊啊啊，就變混濁啦啊啊啊啊啊啊啊啊！』

キ♪
ゥオ

歌詞好草率，再多加一點訊息性吧。

芙拉托緹依然手扠胸前，不時點頭。

「嗯，屬於濃厚的牽連系呢。居然對觀眾唱得這麼敢啊。」

「抱歉，我一個字都聽不懂。」

「就是說，罪惡系比起歌聲更將中心著重在詩琴上，特別是死亡系會發出震耳欲聾的聲音。至於孤獨系一如其名，有熱唱孤獨的傾向，牽連系則是將與客人化為一體的現場表演做為一種心情。」

總覺得好像一直在說我沒聽過的魔法體系咒語。

萊卡輕輕戳了戳我的肩膀。

「不好意思，哈爾卡拉小姐的身體不舒服，吾人先行離去。還有，羅莎莉小姐似乎沒興趣而準備離開。」

「噢，嗯，請便吧……」

哈爾卡拉表示「鞋子內的腳跟好癢，好像抓得到卻又抓不到，所以先走一步」。雖然發癢抓不到很難受，卻連裝病都算不上。

不如說，我應該主動表示回去吧……可是這麼一來就有點難開口了。況且芙拉托緹還在聽。

就在這時候，第二首曲子結束。

「哦，在吾輩的威力之下不斷有觀眾缺氧而退場呢！」

野外最好是會缺氧……又不是展演空間……

還有，她一直以吾輩自稱呢……

「第三首要唱曾在王都的會場掀起狂熱漩渦的〈沉溺在月亮〉喔！」

一邊說著，她開始調整琴弦。似乎要花一些時間。

有些掛念的我，趁隙詢問芙拉托緹。

應該說，觀眾只剩下我和芙拉托緹而已。

「王都經常以這種奇怪的音樂炒熱氣氛嗎？」

「這個啊，像絲琪法諾雅這樣大約會來三十人左右吧。」

「又是很微妙的數字……」

雖然不是一個觀眾也沒有，卻也很難說多。

「三十人當中，應該有十五人左右是同行的吟遊詩人。」

占了一半耶！

「當然，靠這點人數是無法過活的，因此絲琪法諾雅多半同時打工維生。」

根本就是不紅的樂團員嘛……

「反倒是知道這麼多冷門吟遊詩人的妳，究竟是何方神聖啊……？」

「不，這些粉絲以全國規模而言相當多喔。雖然大多數都住在王都。因為有許多吟遊詩人只在王都活動。」

「在這其中知道絲琪法諾雅，代表她唱得還算不錯嗎？」

「算是中下。更有實力的吟遊詩人多的是。世界觀也缺乏新意，缺乏原創性。」

結果芙拉托緹否定得很乾脆。

「那麼，為何芙拉托緹妳會聽呢？不是唱得不太好嗎？」

芙拉托緹略為苦笑。看來經常有人這樣問她。

「不是因為唱得好才聽，唱得不好就不聽。因為是吟遊詩人才先全部聽過一遍。吟遊詩人粉絲就是這樣。」

難以自拔類型的人就會說這種話。

我沒當過這種硬核粉絲，所以不太明白。

「不如說唱得濃厚，或是唱得糟糕，會讓人覺得好濃厚喔，好糟糕喔，情緒更嗨呢。」

「這該怎麼形容呢……」

倒是讓我回想起社畜時代，夜晚在路上看到街頭演唱。

有人就在只有一兩名觀眾聆聽的狀態下一直彈唱呢……

氣氛實在很難讓人駐足聆聽，因此我總是快步走過，但也有人會仔細聆聽演唱者的歌。芙拉托緹就是這一類。

芙拉托緹似乎還在聆聽，那我就準備離開囉。

這種氣氛一直持續下去很難受，況且我也沒興趣。

──結果，正好與抬起頭來的吟遊詩人四目相接。

「真感謝即使在這麼鄉下，都有這麼多信奉吾輩的信徒！竟……竟然有兩千名信徒啊！」

單位居然是「千名」喔！

應該說，她完全當我是觀眾了……這怎麼離開啊！

「聽見堪比尖叫的盛大歡呼啦！」

只有妳一個人在說話吧！

「接下來要連唱四首！」

不會吧！這下子更難找到回去的時機了！

「好，別輸給吾輩，跟上來吧！」

拜託，根本沒有人跟上妳啦！

之後以芙拉托緹表示，這叫詩琴快彈的演奏法繼續演唱，可是大部分歌詞都只是鬼吼鬼叫，早就分不出來哪句詞是哪一首。現在唱到第幾首了啊……

『小丑喔喔喔喔喔喔喔，在夜晚晚晚晚晚，大笑喔喔喔喔喔喔！嗚哇啊啊啊啊啊！』

我茫然呆站在原地，不過演奏者似乎相當辛苦，汗水涔涔相當疲勞。

「呼哈……難得各位跟上來了呢……接下來說明販售商品……絲琪法諾雅原創毛巾，一條一千戈爾德……吸水性很好，像這樣流汗的時候很方便……」

好像進入了宣傳時間。

附帶一提，毛巾的圖案是可愛的兔子。毛巾倒是有點想要。

可是這下子完全失去了回去的時機呢。話說回來，演唱會差不多也快結束了吧。

「那、那麼……接下來是最後一首……『死靈魔術』……嗚，身體……」

結果吟遊詩人直接倒了下去。

既然曲名叫〈死靈魔術〉，可能是表演倒下去的屍體復活吧。真是賣力呢。

……………

都過了二十秒，卻依然沒反應。若是電視或廣播，就算是播出意外喔。

……………哎呀？

她該不會真的暈倒了吧!?

「主人，不好了！絲琪法諾雅似乎暈了過去！」

「果然沒錯！得趕快幫助她！」

若是正式演唱活動多半會有巡迴相關人物，但她肯定是個人活動，只好由唯二觀眾的我們照顧她。

這可不太平靜啊。

畢竟我上輩子就是暈倒之後過勞死。要當作事不關己也未免太相似了。

接近她之後我隨即施放回復魔法。

基本上這應該足以見效，可是她僅氣色變好一些，難受的表情依舊未變。該不會是嚴重的疾病吧……？

「真、真是顏面無光……居然讓信徒救助……吾輩人生最大的失誤……」

太好了，似乎恢復了意識。

「還有，可以不用再塑造角色了，用普通的語氣吧。有沒有哪裡不舒服？有的話要說喔！」

「吾、吾輩……」

「吾輩這種自稱也是塑造角色，就免了吧。」

絲琪法諾雅沉默了一段時間。

「我……很健康……身為菈米娜的八十年內，從未生過病……」

啊，排除角色要素後果然能正常說話嘛。

「是因為肚子餓……巡迴中沒錢，幾乎什麼也沒吃……」

「原來如此。我知道了。大致上明白了。」

這女孩體重輕得異常，再怎麼說都太輕了。

就算送去看醫生也無法解決問題吧，絕對一直在勉強自己。就稍微照顧她一下囉，況且還有似乎對業界十分了解的芙拉托緹在。

「芙拉托緹，妳去集合萊卡牠們，讓她住家裡養胖一點。」

「這樣好嗎，主人？明明就麻煩得不得了呢。」

「就當作救人救到底吧。畢竟我也曾經像這樣暈倒過。可能是慢性的毛病，我想好好幫她解決。」

當然，如果遭到吟遊詩人拒絕，那我也無可奈何。

「非常感謝……我的本名叫做庫庫……」

看來她並未逃避。

話說回來，本名比起藝名要可愛多了呢……

「取消演唱會的話會有什麼麻煩嗎？」

「反正沒有事先告知時程之類，所以沒關係。」

果然是即興式表演嗎？

◇

我召集家人後，說明原委，帶庫庫前往高原之家。

萊卡一做好料理端上桌，盤子短時間就一掃而空。

好像冬眠之前的熊，能吃的時候就得拚命吃一樣。

「真好吃！真好吃！」

看她大口大口吃的模樣，哈爾卡拉與芙拉托緹都張著嘴。萊卡表示「她能吃得這麼開心，吾人下廚也有價值了！」這話說得很對。

隨著料理下肚，庫庫的氣色也逐漸好轉。

好像在看料理充當回復道具的遊戲一樣。吃下披薩的瞬間，生命計量就恢復的那種。玩遊戲的時候還很童心，心想立刻吃下去就能立刻回復，身體結構是不是有問題呢。

結果，庫庫掃光了大約五人份的料理。之後還讓她洗了個澡。

卸除濃妝後，變成嬌嫩又怯生的兔耳女孩。

等庫庫好不容易喘口氣後才開始詢問。

十分了解雲遊型吟遊詩人的芙拉托緹，以及還算詳細的羅莎莉也一起列席。

「或許算是多管閒事，但妳過著三餐不繼的生活吧？以前有沒有像這樣暈倒過？」

在我詢問之下，她頓時露出被盤問般的表情。

看來她不擅長與他人打交道呢。

之前一直專注於吃，似乎沒有意識到我們。

「曾、曾經……暈倒過……好幾次……」

聲音也十分小，真是討人喜歡。與以吾輩自稱時的吟遊詩人角色完全不一樣。

「光靠當吟遊詩人根本無法維生，因此我從事不少兼職……為了不與吟遊詩人衝突，許多工作就在深夜……經常導致睡眠不足……」

「啊～原來是這一類啊～」

有人為了追逐夢想，操勞自己的身體呢。

「這次的全國巡迴演唱，原本以為會多賺到一些小費……結果……卻經常連一戈爾德都賺不到……只好盡可能削減餐費彌補。」

難怪會昏倒。不如說，甚至覺得她該不會是為了昏倒才活動吧。

「因為能賺夠錢的雲遊型吟遊詩人僅占一小部分啊。在芙拉托緹所知範圍內，能明確得知有賺錢的，只有領航魚、安德森、白雪與冷紅茶樂團……」

芙拉托緹列舉的歌手我完全沒聽過，但至少知道這個世界很嚴苛。

「不過，這些吟遊詩人都能賺取相當驚人的收入呢。芙拉托緹甚至聽說過，一天能賺到三百萬戈爾德呢。」

「一天三百萬嗎……理論上一年只要工作一天就足以維生了呢。」
庫庫小聲地答腔。
「我也是……嚮往這些人們……六十三年前才會離開菈米娜村……立志要以吟遊詩人闖出一片天……要成為偉大的死亡系吟遊詩人，拋棄弱小的自己，成為強大死亡系吟遊詩人活下去……」
與立志要成為知名歌手，離開鄉下來到東京的人差不多。
會塑造那樣的角色，也是因為她生性靦腆而如此期望吧。
「可是……」
說到這裡庫庫卻停頓下來。
眼淚滑落至餐桌上。似乎哭了出來。
「卻、卻一直沒沒無聞……完全吸引不到觀眾……雖然好幾次想過放棄，但又心想再拚一年就好……」
天啊——！聽著聽著連我都感到不捨了！
的確是即使要放棄卻不知道該何時放棄呢！
「嗚哇啊啊啊啊啊啊啊啊啊！真是悲傷的故事啊！」
羅莎莉居然嚎啕大哭！
眼淚滴滴答答滑落。不過是沒有實體的幽靈眼淚，因此什麼也不會沾溼。

「很難受吧，很辛苦吧！我明白，應該也有不少來到納斯庫堤鎮的吟遊詩人，在如此艱辛的情況下還得擠出笑容表演！」

畢竟曾經是辛苦人，羅莎莉感同身受呢。

庫庫這番話我多少也能體會。雖然並非實際體驗，但有個朋友的弟弟以演員為目標來到東京，卻一直苦於出不了頭。據說大半收入都是靠打工……

連經常出現在電影或電視劇的演員，過著拮据生活似乎都不足為奇，走這一行在真正有名之前好像都很艱辛。

「這代表妳嚴重缺乏營養，甚至會昏倒，所以可以在這裡好好放鬆一下。」

庫庫露出驚訝的表情，隨即卻又誇張地臉上冒黑線。

「很感謝您的好意。只不過，可是……」

「可是？」

「我、我得徵詢……事務所的意見……」

「妳還有隸屬事務所之類的單位嗎？」

聽起來好可疑。

「主人，絲琪法諾雅從來沒有隸屬過事務所。一直都是個人活動。」

吟遊詩人粉的芙拉托緹告訴我。

「不、不好意思……打腫臉充胖子……剛才原本想耍帥……」

為何事到如今還要耍帥啊。不過，每個人都有必須死守的尊嚴底線，大概就是這樣。

「至少待在這裡五天，好歹培養體力吧。這裡是高原，空氣十分清新，應該是個適合靜養的地方。」

「真不愧是主人！心寬體胖！嘿，巨魔肚喔！」

芙拉托緹好像在稱讚我，但聽起來卻像嘲諷……

羅莎莉站在庫庫面前。其實是飄浮，嚴格來說不能算站立。

「那我帶妳到空房間吧。肯定也能在創作活動上集中精力。努力多寫幾首新歌吧！」

雖然庫庫露出客套的笑容回應，卻又略為低下頭去。

「感謝各位……只是，呃……我心想差不多該放棄音樂活動了……準備解散絲琪法諾雅……」

芙拉托緹指出：「個人也能稱為解散嗎？」

「這個……不好意思，我耍帥了……」

看得出來，這女孩有死要面子的傾向。

「絲琪法諾雅的漫長活動也到了該畫上休止符，宣告落幕的時刻……然後展開第二人生吧……」

即使她想充門面，不過我明白她的意思。畢竟天下無不散的筵席，這件事情本身OK。是她的個人自由。要今天放棄，或是十年後放棄也行，不需要任何人許可。

可是，我看到庫庫的表情，總覺得很有蹊蹺。

「欸，庫庫，妳有什麼關於第二人生的計畫或夢想嗎？」

我直截了當地詢問。

「去買彩票，中頭獎一億戈爾德，一輩子吃喝玩樂——就是我的第一願望。」

「不要耍寶，認真回答。」

她比我想像中還瞧不起人生，聽得我有些惱火。

「這個呢……找份兼差之類工作的話……或許總有一天會遇見真正的自己……」

「雖然早就料到了，但這根本沒有計畫可言嘛！」

這女孩即使停止音樂活動，也沒有之後的人生規劃。

「不，主人，維持絲琪法諾雅的活動也不會增加收入，以結果而言增加兼職時間會比較好喔。」

「芙拉托緹，這已經不叫挖苦了，妳的辛辣評論說的好自然耶。」

是說她即使繼續音樂活動，也實在看不到賺錢的可能性。

不過，這時候庫庫卻紅著臉以右手摀嘴。怎麼回事呢，事到如今以真實的一面示人也不會怎樣。

「其、其實……王都有好幾處這種地方找我去工作……」
然後庫庫掏出幾張類似傳單的紙，置於餐桌上。

募集兔女郎‧工作人員
紳士的社交場所
兔兔館
我們在尋找兔女郎
月薪
三十萬戈爾德～
六十萬戈爾德
※只要吸引到常客上門，
月收百萬戈爾德以上不是夢！
※菈米娜適用於菈米娜加給，
月薪會再增加喔！

侍者只有獸人的
健康咖啡廳
開心小野獸
月薪
五十萬戈爾德～
八十萬戈爾德
隨時募集侍者中
詳情請洽東八號街，
居酒屋「啄木鳥村」
隔壁地下一樓的店家

「……………」
另外還有幾張，不過都是這種風格。
整體而言很不正經。
「噢，獸人在這方面有一定程度的需求呢……以前芙拉托緹走在王都的街上，也
被人招募過。當時氣得噴出寒氣表示怎麼能在這種低俗的店裡工作，別想愚弄藍龍

呢。」

噴出寒氣也不行喔。不過，我明白她的心情。

「尤其菈米娜特別受歡迎。原本就有兔女郎這種服裝了，會有人招募絲琪法諾雅也不足為奇。」

應該說，原來這個世界也有兔女郎啊。不如說，正因為這個世界有長角長獸耳的人，才會人人都想得到嗎。

「在這一行想賺多少就能賺多少，而且經常有人說，年輕期間很長所以條件很好……」

垂頭喪氣，表情堪憐的庫庫笑了笑。

「一開始我以永遠堅持音樂的理由嚴詞拒絕，但既然這麼不得志，才心想或許該到需要我的地方工作……」

拜託，就算職業不分貴賤，在這種地方工作畢竟不好吧……

「呃，我再問妳一次。庫庫妳覺得這樣ＯＫ嗎？覺得音樂已經不再有趣了嗎？」

庫庫立刻搖搖頭。

相較於剛才，眼神內似乎浮現意志的力量。

「沒這回事。我愛音樂！」

「原來是這樣。那麼，根本就不用猶豫了嘛。」

我點點頭同意。

「不應該放棄音樂這條路。得堅持下去！」

然後如此斷言。

「或許，目前當吟遊詩人完全沒有名氣。可是妳依然堅持了這麼長一段時間，不是很喜歡音樂照理說是辦不到的。一下子封印實在太可惜了——結果多半是，總有一天會後悔。」

年輕的時候經常著迷於某件事情。

所以不是一陣子之後厭煩，就是興趣轉移到其他事物。

可是，絲琪法諾雅這個歌手並非在極短時間內就結束活動。有句俗話說笨拙卻愛好，但以這種意義而言，她與音樂其實滿匹配的。

我略為起身往前傾，緊緊握住庫庫的手。

「啊、啊嗚……」

突如其來的舉動可能嚇到了她。

可是，如果不表示自己的心情絕非半開玩笑，她可能會覺得我這個局外人只會站在一旁講風涼話。

「如果妳要積極朝其他工作轉換跑道，我不會阻止妳。可是，現在的妳卻消極地選擇無可奈何的逃避，所以妳應該持續現在的活動！」

由於上輩子住在東京，曾經與夢想破滅，回到鄉下老家的人談過或見過面。

大家幾乎都一臉苦笑，對自己敷衍了事。

要說真心話，大家臉上都寫著「好不甘心」。問題是即使不甘心，也因為家庭因素或經濟問題而不得不回鄉。

即便如此，人還是必須做出決定。不可能同時實現所有可能性。所以，做出的決定值得尊重。

可是，庫庫並非已經下定決心，而是打算以消去法選擇一條音樂以外的道路。應該要阻止她。

「首先是音樂的問題，再好好思考一次。如果原因是沒沒無聞，就朝這方面思考。在想到答案之前，妳可以待在這裡沒關係！我們會提供妳三餐！等妳決定將來怎麼走再回王都去！」

「唔……這樣真的好嗎……？我付不出房租耶……」

「這點小錢無所謂。既然當面要妳堅持音樂，我也會在能力範圍內挺妳的！所以抬頭挺胸，想辦法讓自己回到王都去！」

或許我擅自對她做出了太多承諾，可是我實在不忍心就這樣揮揮手，講些要在王都好好努力的風涼話。

「主人果然不愧是主人。」

「大姊不愧是大姊。嗯，肯定不會錯！」

總覺得，芙拉托緹與羅莎莉特別同意呢。至於我，原本只是想自然一點搞定……

◇

就這樣，我家暫時增加了家族成員。

「我是菈米娜族的庫庫……請多多指教……」

晚上，庫庫向家人自我介紹。庫庫似乎也認為這是好機會，了解我們這一家究竟有什麼樣的成員。冷靜想一想，對我們家還一無所知呢。

「這附近沒有其他住家，所以晚上也可以練習詩琴。在兩個女兒就寢之前可以盡情彈奏。」

「我、我知道了……那麼，做為結識的，就演奏一曲吧……」

來到大家的面前，庫庫拿起詩琴。

然後轉身朝向後方轉彎，臉再度面向前方。

結果，表情與剛才的毫無自信簡直判若兩人。

哎呀，她的角色改變了!?

『哇哈哈哈！歡迎來到吾輩死亡與破滅的饗宴！接下來是第一首！毒毒毒，毒毒，毒毒毒毒，毒毒毒毒毒毒毒毒毒毒毒毒毒毒～！』

對啊，她變成了絲琪法諾雅的角色！

從詩琴發出很金屬的轟鳴聲。

『苦艾，苦艾艾艾艾艾艾艾艾～～～～～～～～！』

可是還是老樣子，聽不太懂歌詞。

法露法似乎完全無法接受，摀住耳朵，連眼睛也瞇成〉〈。看來與她十分不合吧。

夏露夏某種意義上與法露法呈現對比，在椅子上睡著。真的假的？在這種噪音中還睡得著？呃，畢竟是音樂，說噪音可能很沒禮貌。

頗有上流階級姿態的萊卡歪著頭，哈爾卡拉一臉興致索然。

總之，看觀眾的反應就知道評價不好。

羅莎莉似乎真的耐性頗強，還算感興趣地聆聽。

「目前因為沒什麼化妝，衝擊性比較弱呢。頭髮乾脆豎起來如何？」

還打算更激烈啊……

在家人當中，果然芙拉托緹與眾不同，手扠胸前同時露出確認般的表情。

「原來如此。第一首是〈毒性時代（魔神曆二十八年版）〉嗎。」

「芙拉托緹，魔神曆是什麼意思？」

「是以魔神曆這種獨特曆法，表現從絲琪法諾雅出道開始計算的期間。也就是活動開始第二十八年製作的改編曲。原曲〈毒性時代〉是出道第二年的初期代表曲子。最初在王都酒吧『人生如夢亭』演奏時吸引了十六名觀眾。」

芙拉托緹還真是如數家珍呢，也太詳細了吧。還有，希望能多吸引一點觀眾……

在我們討論的時候，曲子結束。

「呵哈哈哈哈！吾輩也嗨起來啦！第二首是〈綻放於車裂極刑下的一朵花〉！」

「原來如此，搖頭系統的曲子疊加嗎？」

「芙拉托緹妳究竟從哪裡得知這些資訊的啊？還有，妳倒是沒有跟著搖頭呢。」

「芙拉托緹是純粹想聽音樂的流派，所以不會跟著鬧。還有，藍龍鬧起來很危險。」

這個原因比想像中更實際。雖然目前是人類外表，但如果隨著音樂興奮之際，變回龍的模樣可不是開玩笑的……

「好，接下來要連續唱〈一億年戰爭〉〈流血的聖人〉與〈烏鴉之罪〉囉！」

啊，慘了，這相當費時呢。可不是唱一兩首就能結束的。

「嗚哇～！分不出曲子之間的差異啦～！聽起來統統都一樣！」

法露法，怎麼能說這麼本質性的批判呢！

「抱歉，庫庫，可以到此為止嗎？」

由於不想聽的人達到過半數，最好到此打住。

「誰、誰啊？吾、吾輩是絲琪法諾雅！哪有庫庫這麼可愛的名字呢！看吾輩帶給妳們真正的絕望——」

「啊，可以不用再演了。」

「……好的，我知道了……抱歉。」

恢復庫庫的角色了。

「可能是臨時演奏導致不太完善……詩琴還大約彈錯兩個地方……」

「我想，應該不是這種層次的問題吧。」

解決問題可能比想像中更花時間……

詢問對音樂沒興趣的家人意見也沒什麼意義，評論者可能也不知道該說什麼，因此讓芙拉托緹擔任指導。

隨後來到芙拉托緹的房間，召開反省會。我也跟著參加。既然決定留下她的人是我，以局外人旁觀也說不過去。

「首先，芙拉托緹就以觀眾的觀點發表意見吧——這年頭，偏孤獨系的死亡系不受歡迎喔。由於這種類別無法吸引觀眾，很難混出名堂。」

恢復庫庫的角色時，這女孩與其說坦率更像是消極，因此會輕易接受芙拉托緹的話。

「是、是沒錯……」

果然，那種類別不受歡迎呢。

「所以說，將絲琪法諾雅的音樂性轉變為過剩系中偏花系的如何？看，若是過剩系中的花系，與罪惡系的親和性不是也很高嗎？」

又出現聽不懂的專門術語啦！吟遊詩人這一行怎麼這麼煩啊！

「我、我終究……想當個罪惡系的吟遊詩人……不如說矜持於與過剩系的相異之處……是沒錯啦，過剩系比較受歡迎……」

該怎麼辦。跟著參加並不壞，但我完全無法理解，想發言也無從開口。

「芙拉托緹明白絲琪法諾雅妳想說的話。自己也對近來只有過剩系受歡迎的吟遊詩人類別感到疑惑。可是，截長補短並非壞事。比方說像『聖淚教團』就是從罪惡系吟遊詩人轉換跑道成過剩系，因此大受歡迎啊。」

「這我也明白。可是……正因如此，才認為能以技術決勝負的死亡系比較好。」

類似創作者的矜持，看來在任何世界都有呢。

「呵，絲琪法諾雅，妳只是害怕創作會受歡迎的曲子吧。」

芙拉托緹露出冰冷的眼神表示。

「沒、沒有……不是這樣的……只不過，我偏愛重視技術的死亡系……」

「在芙拉托緹看來，這也是藉口。其實妳有點輕視能吸引更多粉絲那一類的吟遊詩人，覺得他們很俗吧。」

這真的是奇幻世界的對話嗎……

該說聽起來特別生動嗎，好像發生在日本的事情一樣……

日本的年輕樂團員絕對會討論這些問題……

由於我並未認識什麼年輕樂團員，純屬個人臆測……

「更何況根本不算以技術決勝負，妳甚至比『聖淚教團』還差呢。他們才叫有技術。」

「這、這個，終究只是芙拉托緹小姐的意見而已吧……怎麼說呢，能不能感受到音樂之魂才是重點……」

「看，又來了。又是以靈魂這種抽象概念混淆視聽的態度。」

芙拉托緹也太不留情面了！

「別、別這樣！我也很努力了啊！」

「哎……我知道了，那就實際讓妳見識見識。詩琴借我一下。」

畢竟是吃飯傢伙，庫庫雖然有些猶豫，還是遞給了芙拉托緹。

可別突然以腳折斷人家的詩琴啊……

「來，看仔細了。」

結果，芙拉托緹開始極為華麗地彈奏詩琴。

手指以高速撥動琴弦！

怎麼會有這種超絕技巧！而且不只技巧而已，旋律也非常好聽！

然後芙拉托緹還唱起歌來。

『由於大好晴天反而寒冷的安息日～♪打著呵欠同時等待你到來～♪
宛如只遺落其中一只手套～♪空著的右手好想牽著你～♪
飛向比雲層還高沒有雜音的地方飛吧飛吧飛向天際吧～♪耶，耶～♪』

歌詞聽起來十分正經！非常明確的歌！

而且連歌都唱得很好！長音拉得好棒！

打開電視聽到這種曲子也毫無違和感呢！

我彷彿見到芙拉托緹的背後站著鼓手或貝斯手的幻覺。

果然，這種叫詩琴的樂器根本就是吉他嘛。發出的音色聽起來就是吉他。

演奏結束後，詩琴的音色戛然而止。

聽得我忍不住拍手。

「芙拉托緹，原來妳還有這種才能啊！差點要流眼淚了呢！」

「其實年輕的時候，跟夥伴稍微玩過一下……不過技不如人，很不好意思呢……終究只是擅長的外行人罷了。」

我明白她的意思。即使是擅長領域，能不能以此為職業謀生又是另一回事。

另一方面，庫庫一臉茫然。

彷彿只有在庫庫的腦海中依然響起不同的曲子，還沒回到現實來。

「看，連我芙拉托緹都能演奏這種程度的曲子。妳口口聲聲說要以技巧壓人，彈得卻比我還差。如果要走死亡系，至少再提高一點演奏水平吧。現在明白了沒。」

只見庫庫臉色發青，好像凍死一樣……

「對、對不起……我想嘗試各種類別……不會再拘泥於死亡系了……」

「話說啊，雖然是局外人的意見，但我認為世界觀太特殊了，無法吸引觀眾吧。要不要試著編寫一些簡明易懂的歌詞？」

「可、可是……我長久以來就是這種曲風，因此只會寫出鮮血啦，毒素啦，破滅終焉剎那惡魔刀械或溺水的魚之類的歌詞……」

「溺水的魚這種詞很少見吧。」

「以前曾經在六首歌使用過。」

是會反覆使用喜歡形容詞的類型！

其他也幾乎都是相同世界觀的詞彙。太狹窄了。不如說，真虧她能撐這麼久。即使靈感枯竭，還一直堅持這種路線，某種意義上很強耶……

這時候，我浮現一個好點子。

「知道了，那就活用這個環境的強項吧。」

至少我認為是個好點子，應該可行吧？

「難得我們家人眾多，大家一起試著編寫歌詞如何！」

◇

兩天後，家人各自提供算是歌詞的作品。

不過芙拉托緹已經唱過一首歌了，這一次就讓她略過，負責擔任解說員。況且讓她拿出真本事的話，有可能變成芙拉托緹的獨角戲。

庫庫將每個人編寫的歌詞，配上旋律唱出來。

如此一來，說不定能產生嶄新的世界觀。

「好，那麼，從第一首開始。是萊卡寫的歌詞吧。」

「哼哈哈哈，看吾輩絲琪法諾雅以美聲唱出任何歌詞！」

「啊，這種角色也要封印喔。」

「…………好，我知道了。」

那就開始第一首。

庫庫彈奏詩琴。

嗚呼，精進　作詞萊卡／作曲庫庫

『只有一步一腳印努力精進，才能成～大～事～♪即使達成目標也只是中繼點而已～♪』

我以手比出「X」的記號。意思是在這裡停下來。

「萊卡，這樣訊息性過於直接了，沒辦法當作歌詞喔。」

「不行嗎……」

「那還用說。歌詞終究是詩，妳根本不了解什麼是詩。重新來過。」

負責解說的芙拉托緹毫不留情否定。

萊卡受到了不小的打擊呢……

接著是第二首。哈爾卡拉露出充滿自信的表情。每次哈爾卡拉愈有自信，就愈不會有什麼好結果。

「我寫的歌詞很棒喔！會暢銷喔！務必要在納斯庫堤鎮推廣喔！」
納斯庫堤鎮同時是哈爾卡拉的工廠，以及羅莎莉曾經居住的家所在之處。為什麼要限定該鎮呢。
「就算歌詞很奇怪，只要別惹出麻煩就好了。唱吧，唱吧。」
「師傅大人，這種反應好過分喔……可是只要聽了歌詞就會暢銷，師傅大人應該會明白我的意思。我是真的希望推廣喔。」
哦，那就讓我見識一下吧。反正作曲的是庫庫。
她再度彈起詩琴。是相當輕快的節奏。

哈爾卡拉製藥的『營養酒』

作詞 哈爾卡拉／作曲庫庫

「今天的工作再加把勁！『營養酒』～♪
考試熬夜也可以來一瓶！『營養酒』～♪
無酒精成分孩子也安心！『營養酒』～♪
完全生藥，健康也加分！『營養酒』～♪
『營養酒』～♪『營養酒』～♪『營養酒』～♪為你加油，哈爾卡拉製藥的『營養酒』～♪」

原來如此，來這一招啊～是嗎，是啊。

我露出甜美笑容，做出「X」的手勢。

「好，唱下一首歌吧～」

「拜託！師傅大人！至少發表感想嘛！被無視是最受打擊的耶！」

「為什麼要寫成廣告用曲啊！這還用說嗎！」

「這不是保證暢銷的曲子嗎！這樣『營養酒』也能暢銷喔！」

「要讓歌手受歡迎的曲子才行吧！」

概念可不是促銷商品耶！

「聽我說，這樣就算歪打正著暢銷，也只會變成一片歌手。頂多流行兩個半月就又會過氣了！一片歌手頂多只會被吹捧七十五天喔！」

「能、能被吹捧七十五天的話……或、或許我可以接受……」

連庫庫都開始自卑了！

這樣不行啊！如果一開始就這麼沒自信，連一片歌手都當不成啊！

夢與理想當然要大一點才好嘛！

「還有，如果妳願意一邊全國巡迴，不斷唱宣傳我們公司商品的曲子，也不是不能雇用妳當哈爾卡拉製藥的廣告課職員喔。」

「或許，這樣也不錯呢……要靠音樂填飽肚子的話可以接受……」

「庫庫，妳先冷靜好好思考！總覺得這種模式即使前半年順利，但是撐三年就會說出『這不是自己想做的事情！』而辭職耶！」

由於事關決定人生，我也強加干涉。

畢竟求職愈謹慎愈好啊！

我可是有過勞死經驗的人，當然要插嘴！

「唔……師傅大人，怎麼專門妨礙我呢……我的公司不論經營狀況，或是職員待遇都很優喔，獎金也沒少發呢。」

「這我不否定，生活穩定這一點也有加分作用，可是總覺得這已經不是音樂性，而是職種改變的層次問題呢……」

日本好像也有不少歌手以前一直唱破滅相關的歌曲，七年後順利唱出饒舌歌，這足以說明音樂性逐漸變得普遍。

問題是，如果唱起公司的宣傳歌，變化幅度堪比從貓變成狗。

這已經不是層次變化的範疇了。

「這個，我想等看過其他歌詞後再決定……」

庫庫客氣地開口。這也沒錯，中途就做決定的確很怪。

附帶一提，負責解說的芙拉托緹似乎也沒有評論。意思是沒什麼好說嗎……

「接下來是法露法與夏露夏合作寫的呢。嗯，真是可愛，很棒喔！」

「哇～！媽媽，謝謝妳！」

雖然哈爾卡拉主張「司儀有親緣關係所以偏心！只對女兒有特別待遇」，但我才不承認呢。

「不需要什麼偏心，夏露夏能斷定這首曲子能獲勝。因為只有我們是兩人一起參加。十萬力量加上十萬力量並非二十萬，而是一百萬力量。」

聽不太懂夏露夏的理論，總之還是讓庫庫唱唱看。

原野　　作詞　法露法・夏露夏／作曲　庫庫

「螳螂先生，好可怕～手裡拿著鐮刀好可怕～♪
蚱蜢先生，跳起來～雙腳震動跳起來～♪
大自然，好寬廣～我也是大自然喔～♪
神明很大喔～非常非常大又會成為萬物喔～♪
我究竟是什麼呢～？既非蚱蜢先生也非螳螂先生，我究竟是什麼呢～♪
不屬於其他事物的存在，應該就是我吧。或者該說持續否定一切後剩下最後的肯定吧。正因為失去一切什麼也不剩的這一刻，才能反論並發現所謂的自己喔♪就像永遠不停剝洋蔥皮的工作盡頭喔♪

一邊心想這些問題，我在原野上，追逐蚱蜢先生喔♪」

最後兩段編寫的歌詞已經不考慮旋律，因此聽起來像民謠。

唱完後感覺氣氛與之前不太一樣。

首先開口的是芙拉托緹。

「一開始以為是很孩子氣的歌……結果加入了神學的要素……哎呀，該不會是新的境界喔？既前衛又感受到一種可能性呢。」

「嗯，我也這麼認為……」

可以確定前半段歌詞是法露法，中途換夏露夏編寫，結果卻彷彿產生了奇妙的故事性。與庫庫的詩琴也相當搭配。

而且音樂原本就很有宗教性，應該還能用來講經。

因此，或許也具備親和性。

庫庫茫然了一段時間，不過表情逐漸變得開朗。

「不錯呢！即使在王都，應該也沒有吟遊詩人唱這種歌呢！這種方向性可能不錯喔！」

法露法開心地跳起來大喊「哇～」，夏露夏則露出幾許滿意的表情點頭。

想不到兩個女兒真的在歌詞競賽中脫穎而出。

「嗯，那麼庫庫就以這個方向性，再嘗試當一次吟遊詩人吧。」

「好的，我知道了！」

聽了這幾次庫庫的聲音，這一次最有精神。

「若是這種曲調，或許也可以維持絲琪法諾雅的藝名。在破滅的曲風中，以神話當成創作靈感也可以。」

「不，音樂類別實質上也跟著改變，所以也要換一個藝名。個人覺得『森羅萬象的探索者百科權樞』比較好。」

還是帶有中二病十足的氣氛。

「唔，雖然並非我的興趣，但名稱也是愈醒目越好吧……最後由庫庫妳自己決定，沒關係。」

好，這樣就決定庫庫將來的方向性了。大功告成！

「等一下，等一下！還沒看我的歌詞呢！」

這時候羅莎莉冒出來。對喔，還剩下羅莎莉！

「抱歉，抱歉。不知不覺中變成大團圓氣氛了呢。羅莎莉的歌詞對吧。」

另外，羅莎莉雖然沒有實體，卻能操縱筆在紙上書寫，因此還可以寫文章。

「由於不知道什麼才是正確的，總之試著以實際體驗為基準。」

「嗯，這樣就對了。原本的目的就是擴展吟遊詩人絲琪法諾雅的曲風。」

虛無　作詞羅莎莉／作曲庫庫

「長時間，停留在同一處地方，連白天都感到一片漆黑♪
好黑暗，好黑暗，真的什麼也沒有♪
該不會已經死了吧。不過就算活著也已經死了吧♪
早就忘記怎麼笑了♪
想死也死不了，這種夜晚♪」

庫庫寂靜的詩琴聲到此為止。

…………

雖然歌詞有寫到，但是太黑暗了。就算是實際體驗，這也……

日本倒是也有不少歌詞沉重的曲子，但是多半不存在自殺者寫的歌詞，所以十分強烈。

「大姊，我現在正活得很快樂喔？可不是這種心情喔？」

可能覺得這樣不太好，羅莎莉主動打圓場。

「我說啊，羅莎莉，身為觀眾比較想聽能活得更積極的歌曲吧……？我不是要否定羅莎莉妳的經驗……」

呃，還是算否定吧。

有曲風陰暗的歌當然可以，只准唱開朗的曲子問題可能比較大。問題是一直唱這首歌實在很難熬。

總、總之看看庫庫的反應吧……還沒問她感想呢。

結果庫庫不停流淚。

即使沒有拉高分貝哭得希里嘩啦，還是流下好幾顆淚珠，感覺像是靜靜地大哭一場。

「庫庫，怎麼了嗎……？」

「原來……原來還有這種表達方式……雖然我以前總是唱什麼破滅啦……死亡啦……但都徒具形式……因為沒有真正死過……」

嗯，當然沒有死過啊，但是這種吐槽太不識趣了，所以我沒開口。

「我實在贏不了……死了之後依然煩惱的人……語、語言的力道……雖然以絲琪法諾雅之名演唱了這麼久，卻覺得沒辦法以類似真正的言語表達……」

這時候庫庫終於抬起頭來。

「我……要放棄絲琪法諾雅這個名字。應該說，也要放棄藝名之類的東西。以後要只靠自己的名字庫庫闖出一片天！」

從眼神可以感受到勇於面對困難的堅強意志。

庫庫肯定沒問題的。

「法露法妹妹與夏露夏妹妹，再加上羅莎莉小姐的方向性，希望能帶給觀眾更深層的內涵……否則不論當幾十年幾百年吟遊詩人，都沒有意義吧……」

「沒錯，庫庫只要自己能決定接下來的一步該怎麼踏出，就很有意義了喔。」

這條道路並不輕鬆，有可能充滿荊棘。但只要本人決定走上這條路，任何問題都是微不足道、無聊的小事。

氣氛變得十分感人。連萊卡與羅莎莉都哭了出來。

「好，那麼今天就到此——」

結果哈爾卡拉拍拍我的肩膀。

「還沒看到師傅大人的歌詞呢。讓我們看看吧。」

哇咧……原本想繼續擔任司儀，藉以躲過發表的說……

「不行喔。應該要平等才對。」

特別的戀愛

作詞亞梓莎／作曲庫庫

「憑藉特別的戀愛，不論何處，都能勇往直前喔～♪

因為命運就在自己～的．掌．握．中～♪」

才剛開始唱我就立刻喊卡。

由於是自己寫的歌詞，就全部交給芙拉托緹解說吧。應該說，她已經在解說了。

「相當稀鬆平常呢。主題是男女情愛，似曾相識的歌詞七拼八湊的感覺很強烈，完全沒有表達歌詞主角的內心。這首歌詞的主角真的覺得談戀愛很美好嗎？」

「別再說了啦！連我自己都知道歌詞很難為情！」

原本以為簡明易懂的歌詞比較好，結果一寫成戀愛歌詞就感覺這樣毋湯，雖然想封印，卻沒能如願。

就這樣，順利決定庫庫要繼續當個吟遊詩人，以及究竟要當什麼樣的吟遊詩人。

◇

庫庫暫時留在高原之家，編寫歌詞。

根據她的說法，編寫歌詞時沒靈感就完全寫不出來，但在這裡就文思泉湧，連她都覺得驚訝。

在吃點心的餐桌上聽到她這麼說。

「噢，這我大致上明白。因為這裡完全沒有娛樂。至少與王都相比，有天壤之別吧。」

畢竟周圍只有我們這一戶，就算前往村子也只有販售生活必需品。所以誘惑很少，只能做自己該做的事情。

「這麼說也對……啊，抱歉說了這片土地的壞話！」

「可以不用為了這些事情道歉。」

庫庫算是相當小心謹慎的類型。不過，從事音樂者似乎有一定數量是這種內向的人，因此不足為奇。

由於內向，連普通人忽略的地方都會察覺到。

往好的方面想，代表感性相當豐富。

只不過問題在於走上絲琪法諾雅這種極具攻擊性的方向……

「如果有點卡住，我會去高原散步。如此一來就能茅塞頓開。我已經去過好幾次，寫歌的手完全沒有停下來呢。」

「噢，對對對。雖然是平淡無奇的高原，不過走著走著就會很舒暢，心情更積極呢。」

說起來，一直在高原之家悠哉度日的我，幾乎不曾消沉沮喪，但偶爾像是心情不好的時候，會在高原散步。

結果很神奇地，又會精神百倍地鼓起幹勁。

「大約完成了幾首曲子呢？」

「十七首喔。雖然也有一些曲子不太滿意。」

同席的芙拉托緹表示「這樣要獨自舉辦現場演唱也沒問題呢」，吟遊詩人的演奏還真是長啊。

「這個，真的非常……感謝大家……」

庫庫在面前雙手抱拳，表達感謝。從各方面都散發出她溫柔的個性，無法想像她會吼著破滅之類的詞彙。

不過聽到這句話，我的胸口有些隱隱作痛。

「一直在這裡會造成各位的麻煩，可能該回到王都了……」

果然是這樣，畢竟是一開始就講好的。

庫庫是吟遊詩人，總不能一直住在鄉下。

這裡的觀眾實在不夠。

「我知道了。不過哪天，巡迴演唱再來到這裡的時候，記得順道來高原之家喔。或者當作回家的感覺來吧。」

眼睛睜得大大，眼淚再度即將奪眶而出的庫庫表示「好的，絕對會！」

「要舉辦優秀的演唱會喔。只要舉辦優秀的演唱會，總會有辦法的。」

芙拉托緹散發師傅的氣氛表示。

「是的，也感謝芙拉托緹小姐的照顧！」

「嗯。老實說，妳並沒有音樂的才能。」

聽得我差點從椅子上摔下來。

庫庫也在另一種意義上差點哭出來。

「不過，世界上成功並非依照才能的順序。」

可是，如此表示的芙拉托緹沒有開玩笑的神色。

「所以，代表妳也有成功的可能性。首先要戰鬥！即使用的武器不一樣，戰鬥依然要持續下去！」

「是的！今後我一樣會以吟遊詩人的身分戰鬥！」

啊，在這種地方也確實萌生了友情呢。

「要回王都的話儘管開口。我芙拉托緹變成藍龍送妳回去。」

看得出來連芙拉托緹的表情都有點寂寞。

別離總是難受，大家都一樣。

「也對。那就拜託您——」

咚咚，咚咚。

這時有人敲門。

從這種毫不客氣的敲門方式，大概猜得到是誰。

我走過去開門。

只見別西卜站在門口。今天的行李特別多。

「小女子弄到了好酒，特地帶來哪。今天大家一起喝吧。」

「還真的經常跑來耶。話說工作沒問題嗎？」

「一股腦丟給屬下……叫她們搞定後才來的。」

「雖然很想勸妳別老是塞工作給屬下，但妳畢竟是農業大臣。比起大臣本人拚死拚活，確實分配工作反而比較好吧。」

「小女子也還算努力地工作哪。假日至少會休息，和法露法與夏露夏一起過囉。」

原來這才是目的嗎？反正早就料到了。

總不能趕她回去，就讓別西卜進入屋內。

當然，庫庫還在家裡，我簡單介紹一番。

「哦，吟遊詩人嗎？那就在酒席上試著唱幾首吧。」

別西卜理所當然地表示。雖然她的確是高官，但這也太大牌了。

「拜託！別這樣為難她好嗎？住在我家的都是家人喔，不要當她是在大街上賣藝的好嗎？」

「所謂吟遊詩人，不就是為了炒熱酒宴氣氛的職業嗎？以正當原因要求她工作有何不可哪。要錢的話這邊出就是了。」

在宮廷等地方的確也有人從事這種工作啦……

「亞梓莎小姐，我願意演奏。不如說，請讓我演奏吧。」

庫庫的表情充滿幹勁。

「自己究竟能不能脫胎換骨，轉型成功，我想讓從未聽過我歌聲的人聆聽後判斷。」

既然本人都這麼說了，就沒有理由阻止她。

「別西卜，庫庫馬上就會讓你感動得落淚喔！」

「咦？不是現在，等酒席開始再唱。小女子首先要帶伴手禮給兩個女兒哪。」

總覺得會出師不利……

與其說飲酒會，其實是別西卜同桌的單純餐會。

附帶一提，別西卜帶來的酒很烈。我才喝了幾口，就感受到酒勁。

「這酒的度數會不會太高啦……？而且辣得像火燒一樣……」

「度數這種概念小女子不懂，但像火燒一樣就明白了。這是在名叫火炎山，火炎源源不絕噴出之地的蜥蜴人師傅釀造的酒，名為『猛烈沙羅曼達』哪。」

「難怪會辣……哈爾卡拉該不會又喝得爛醉吧？」

哈爾卡拉搖搖手表示拒絕。

「師傅大人，反正這種酒我實在喝不了！」

「似乎是呢。別西卜，有沒有稍微輕度一點的？」

「幾乎都是烈酒哪。倒是只有一瓶幾乎像水一樣。名叫『堪比水的酒』。」

究竟是魔族的個性，還是別西卜的個性所致，真是兩種極端呢。

輕度的酒連萊卡也能喝一點，應該沒問題吧。以年齡而言我們家都是大人，萊卡也可以飲酒。

「芙拉托緹即使烈一點的酒都能喝喔。」

在這個家裡，芙拉托緹的酒量是最強的，只見她像喝水一樣猛灌。由於酒的品質不錯，總覺得這樣喝好浪費。

「媽媽，法露法也可以喝酒嗎？」

姊妹對於酒的反應似乎不一樣，夏露夏連看都不看一眼，法露法卻好像有興趣。

「法露法，絕對不可以喔。在妳長大之前別喝酒喔。」

就算年齡上活了五十年，兩個女兒的身體都還太小，所以不能讓她喝酒。反過來說，萊卡與芙拉托緹的本體終究是巨大的龍族，即使外表是十幾歲也沒問題。

「欸～法露法也想長大嘛～！」

這句話似乎讓別西卜不太高興。

「法露法啊，法露法不用長大也沒關係哪。繼續維持這樣吧，長大太無聊了，當孩子比較快樂喔。」

別西卜露出相當認真的表情表示。

總覺得這會對教育造成問題……

「欸~可是法露法一點也不像姊姊嘛。況且還與夏露夏大小差不多……」

露出沮喪表情的法露法說出原因。

原來如此，的確是很有法露法個性的迫切原因呢。

「法露法又不清楚怎麼當姊姊……跑步的速度也沒有差別，夏露夏在不同領域的頭腦又很好，才想說能不能以喝酒領先她……」

別西卜嚷著「唔~！太可愛啦！真想當養女哪！」不過我沒理她。才不會送給她當養女呢。

「別擔心，法露法有時候真的很有姊姊的模樣呢。」

這時候我得好好安慰她才行。

「嗯……」

「還有，喝了酒就會變成那樣子喔。」

屋子後方只見哈爾卡拉不知何時已經醉倒。連肚子都露出來，真難看。

「以為幾乎像水一樣，結果大口喝太多，醉意頓時像十萬大軍一樣席捲而來……想吐又吐不了，這種狀態最難受了……嘔……」

羅莎莉在她的額頭上敷了條溼毛巾，結果位置放偏了，看起來好像就地往生。

「法露法，還是別喝酒好了……」

反面教材對小孩子也有一定程度的威力呢……以結果而言哈爾卡拉做得好。不過充當教材的哈爾卡拉也稍微學習一下吧。就是有這種每次都要喝到掛的人……

「呃，不好意思打擾各位暢談……但是差不多該讓庫庫演奏了吧……」

聽芙拉托緹一說我才想起！糟糕！剛才完全忘記了！

庫庫謙虛地一臉寫著「該在何時開口呢，再等一下比較好嗎……原本想趁話題暫歇的時候開口，但一直聊個不停呢……」

對啊，庫庫很膽小的！不敢主動開口說要表演！

「抱歉，抱歉，那就讓小女子聽聽妳的歌聲吧。依照小女子的評價，找妳參加魔族音樂祭也可以喔。」

「那是什麼音樂祭呢。」

出現了沒聽過的專有名詞，雖然大致猜得到意思。

「畢竟妳們的文化水明很高，至少會舉辦演奏會。」

「不是演奏會，是音樂祭。才不是演奏會那種小家子氣的活動，而是在整座范澤爾德城邑舉辦的一大盛事哪。」

別西卜對我的形容有些不滿。

「噢，會同時舉辦多場類似演奏會的表演，或是樂團的露天表演嗎？」

「唔，這些活動也會有，但總覺得妳沒完全了解哪。音樂祭可是魔王大人代表魔族，確認是否支配聲音的祭典喔。」

她的說明讓氣氛突然跟著改變。

「聽好了？聲音是會擴散到世界各個角落的事物。走在鎮上會有叫賣的聲音，森林裡也會有野獸穿梭在樹叢的聲音。連在安靜的房間內冥想，也會有『靜～』這種象徵無聲之意的聲音。所以無處沒有聲音。」

連『靜～』這種表現也視為聲音，是魔族特有的價值觀吧。

「換句話說，聲音是足以匹敵這個世界上四大元素的重要要素哪。確認身為魔族之長的魔王大人是否正確管理聲音，就是音樂祭。」

原來如此……魔族相當重視聲音本身呢。話說回來，中世紀歐洲的大學好像也不將音樂當成藝術，而是一種主要學問看待……

「因此可不是妳說的一兩場演奏會那麼簡單。是具備更基礎意義的祭典。知道了沒？」

「嗯，知道了。宗教上的意義比較強烈吧。」

「壓軸活動的慣例是魔王大人表演音樂。噢，這次或許妳們也會受到招待哪。」

以佩克菈的個性的確會招待我們呢，感覺有一半是惡作劇的延伸。

「這個，差不多該讓庫庫演奏了吧……」

「對喔！庫庫與芙拉托緹都抱歉！」

庫庫手持詩琴，站在餐桌旁。

好，新生庫庫的舞臺即將開始。

「那麼，就讓我演奏幾曲吧。」

然後庫庫以手指彈奏詩琴。

記得好像叫死亡系吧，與庫庫一開始演奏的激烈類別完全不一樣。

曲子更加寂靜，感覺逐漸沁入心中。

感觸良多的氣氛籠罩房間。

或許是邊用餐邊聽的曲子，不過大家都聽得入神。

由於聽得入神，沒有人在曲子與曲子的間隔拍手，也沒有人發出聲音。

芙拉托緹說過類似「光是彈得好算不上吟遊詩人」的話，我現在明白這句話的意思了。

這次庫庫演奏的曲子，每一首都是自己仔細思考後編寫而成的，所以才容易感動人心，或者說迅速進入心靈。

庫庫原本演奏的音樂可能一直在該類別中受到束縛。如此一來，在該類別中必須爬到相當高的位階，否則就會失去價值。

不過說她是歌手之前，其實是「詩人」，因此必須以自己的話好好發揮。這樣才叫做詩人。

詩有時候字數太多，無法跟上旋律，但這時候還能發揮在日本聽過的民謠感覺，散發獨特的優美感。

連續彈奏五首後，演奏告一段落。

最後庫庫緩緩一敬禮。

「感謝各位的聆聽。」

或許多少有一些地方彈錯，但本人露出盡力的表情。

我們全家這才回過神來，連忙鼓掌。

那麼，別西卜會有什麼樣的感想呢？希望她聽了會開心。

別西卜突然從座位上站起來。

「很棒不是嗎！真是好聽哪！」

哦！似乎深深打動了她的心呢！

「老實說，原本以為沒什麼大不了，當作餘興節目聽聽就算了，想不到這麼動人……」

坦率說出太多沒禮貌的話了喔。

「嗯，很好，很好。先給妳五萬柯伊努。」

別西卜迅速掏出魔族貨幣單位的柯伊努金幣。

「這個，方便的話希望以戈爾德計算。這可能需要換錢吧。」

柯伊努與戈爾德的價值似乎相等，乾脆全部換成戈爾德吧。

「知道了。來，五萬戈爾德。」

別西卜確實付了錢。果然，付錢就是好事。

「非常感謝您……如果一個月十天，各賺五萬戈爾德的話，就能穩定生活了……」

收下錢的庫庫也相當感動。以前絲琪法諾雅的時代，可能相當辛苦吧。因為聽了那種表演，實在提不起掏錢的勁呢……

「還有，一定要來參加音樂祭啊。如果表演順利的話，第一桶金也不是夢哪。」

雖然別西卜這番話可信度存疑，但魔族相當豪爽，可能真的有機會大賺一筆。然後她從行李中拿出音樂祭的資料，交給庫庫。

「這個，究竟該怎麼前往魔族的城堡呢……？」

「如果要參加的話，會派人過去接妳。」

可能是利維坦，或是更重視移動速度的交通工具吧。

「我真的可以參加嗎……？區區無名小卒……」

這時候庫庫突然膽怯了。

「在人類世界有沒有名氣不重要，大多數魔族根本不知道人類世界的評價哪。」

「我知道了，不嫌棄的話我會去的……」

庫庫畢竟一直在觀眾面前表演過，並未畏縮而主動接受。

「嗯，還不知道會使用哪個會場，但應該會讓妳在一萬到兩萬名觀眾面前表演哪。」

「欸!?這麼盛大的規模嗎!?」

戲劇性的變化也太誇張了。從觀眾人數來看，絕對不只百倍……

「請問，不能從小一點的會場……大約三百人左右的規模開始嗎……？」

啊，庫庫承受不了壓力，又說出膽怯的話了！

「既然是音樂祭，任何會場都盛況空前。哪來三百人左右的規模。好好加油啊。剛才的曲子大約演唱二十首就很好了哪。」

別西卜拍了拍庫庫的肩膀。

「相信自己吧。妳的心情也會傳達至觀眾的內心，觀眾會確實明白妳的認真。沒有問題的！」

「好、好的！」

懾服於別西卜的氣勢之下，庫庫回答。

「很好，很好！要加油哪。那麼，小女子去泡澡囉。」

別西卜是毫不顧忌享受客人優先泡澡權利的類型。

說不定很快，她會要求在我們家過夜……

「法露法與夏露夏，一起來洗吧。」

「好～！」「嗯。」

然後別西卜便離開房間。

老實說，她的目的是與女兒嬉戲，總不好妨礙她。

另一方面，別西卜不在之後，庫庫在房間裡嚇得發抖。

「一萬到兩萬名觀眾……這、這麼多人……就算竭盡全力演奏也沒辦法……規模太大實在難以想像……」

「我明白妳的心情，但這可是好機會。締造好結果吧！」

我只能在背後推她一把。

「這個……我會拚命練習，能不能讓我再待在這個家一段時間呢……？回王都就得一邊打工了，很難擠出時間練習……」

原因非常鮮明。這女孩好像真的缺錢。

「沒問題。區區料理想吃多少都可以幫妳準備，努力練習吧。」

緊緊握住詩琴，庫庫表示。

「好的！」

與庫庫的生活看來還會持續一段時間。

法露法與夏露夏

史萊姆的靈魂凝聚而誕生的妖精姊妹。姊姊法露法是坦率面對自己的心情的天真女孩。妹妹夏露夏則是關懷入微又善解人意的女孩。兩人都非常喜歡媽媽亞梓莎。

哈爾卡拉

精靈女孩，亞梓莎的徒弟第二號。具備人人羨慕的完美容貌，以及不時展現的成熟風範，讓家人（主要是亞梓莎）十分嚮往……不過依然還是家人中的殘念系角色。

別西卜

人稱蒼蠅王的高等魔族。由於哈爾卡拉釀造的『營養酒』，以及對法露法與夏露夏宛如姪女般疼愛，頻繁往來於魔界與高原之家，是亞梓莎仰賴的「姊姊」。

陪芙拉托緹回老家

She continued destroy slime for 300 years

幾天後，一隻陌生的龍系種族來到我家。

之後一問萊卡，得知這叫做飛龍。送貨物到世界樹藥局的好像就是飛龍。像是飛龍啦，幼龍啦，究竟是以什麼決定這些種族微妙的差異，我到現在還不明白。

當然，飛龍不會閒閒沒事跑到我們家。

飛龍帶著魔王寄發的邀請函前來。

親愛的妹妹。

我是魔王普羅瓦托・佩克菈・埃莉耶思。

這次舉辦音樂祭，

大家一起來參加吧。

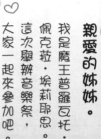

資訊量也太少了！太隨便了吧！

第二張紙上寫著行程，法托菈與瓦妮雅姊妹似乎會再來接我們。只要繼續扮演魔王的姊姊，就會一直享有國賓級待遇嗎？

附帶一提，決定表演後，庫庫比之前更加集中精神編寫新曲與練習，甚至覺得隨便進房間很過意不去。原本的空房間完全變成音樂室了。

「庫庫的表現愈來愈好了呢。果然，沒有全力練習的話，是無法獲得實力的。她也逐漸展現出卯足全力的精神了吧。」

一邊聽著從庫庫的房間傳出的練習聲音，芙拉托緹表示。

目前是我、芙拉托緹與萊卡的喝茶時間。兩個女兒對只有茶喝不感興趣而沒參加。哈爾卡拉外出工作。羅莎莉沒見到她在附近，究竟跑哪去了呢。

「吾人雖然是外行人，但也隱約感到她愈來愈進步。」

萊卡最喜歡積累自我鑽研的人，畢竟萊卡本身就是這種個性。

「庫庫具備重複同一件事情的忍耐力。只要將忍耐力朝稍微不同的方向偏移，其實以前就有進步的可能性了。」

芙拉托緹表示音樂相關的意見。

「世界上分為不容易產生效果的努力，以及容易產生效果的努力。庫庫不擅長洞悉這一點。可是，既然已經成功修正，想必會愈來愈進步。」

這番話不只是音樂，在許多領域應該都適用。

有人的努力太缺乏效率，或是過於努力在幾乎沒有意義的方面，導致白費功夫。

中學時期，班上有人投注相當多的心血，將筆記寫得工整又漂亮，但成績卻很普通。

筆記的目的是避免忘記上課聽過的內容，沒有必要工整得像商品一樣。雖然寫得簡明易懂肯定比鬼畫符更好，但畢竟是自己寫的，好歹看得懂吧。

那個同學將筆記寫得工整當成了目的。如果他的熱情能轉移至提升成績的話，我想他一定能考得好吧。

「以這種意義而言，妳是缺乏忍耐力，努力不持久的類型吧。」

萊卡表情認真地吐槽了芙拉托緹一下。

「什、什、什麼什麼！這是什麼意思啊！」

「因為之前不是臨時起意，跑去找蕾拉姊姊挑戰嗎？時間應該專注於為了贏過姊姊才對吧？」

「這個，不就是這樣嗎……？每天只想著打倒特定的對象，這種人生很糟糕吧！所以這種事情等想到的時候，再去找碴不是剛剛好嗎！」

總覺得這話題好微妙，好像能點頭同意，又好像不行……

整天滿口「打倒○○！」的人的確有問題，但是也別一時起意才去找碴嘛。

話雖如此，紅龍與藍龍的因緣，有一半好像勁敵在運動會上相爭呢，我現在覺得該不會多少有些惺惺相惜吧。

當然，這是龍族之間的爭端，規模本來就很奇怪，況且年輕龍族中多半也有會真正惹事生非的傢伙，還是會演變成嚴重問題吧。

「唔，今天特別挑釁呢。好，那麼今天就以星座占卜，比比看誰比較幸運吧！」

「好啊，吾人接受。」

這種對決也太和平了。

畢竟彼此都是龍族，關係真好呢……

從庫庫的房間裡再度傳出詩琴的聲音。不過與絲琪法諾雅時期不一樣，靜謐的曲子較多，聽起來沒那麼吵。

聽到音樂後，芙拉托緹的意識似乎又回到音樂上。

「果然沒錯。既然庫庫都來到王都，想在故鄉豎立銅像吧。」

總覺得以前也聽過類似的說法。看來似乎是「衣錦還鄉」的意思。

「前往王都出道特別能在故鄉豎立銅像呢。也有可能如果沒成名，就算拿出實際成績，別人也難以理解吧。」

「那一類吟遊詩人我見過很多……像是蛙跳與白雷的阿薩息斯，不知道大家現在都過得如何呢……」

我還是完全聽不懂吟遊詩人的專有名詞。

「畢竟能在故鄉豎立銅像的，五十人裡不到一人呢。啊……故鄉……」

忽然，芙拉托緹好像想起了什麼。

欸，話說回來，自從芙拉托緹住在我們高原之家後，一直沒能回故鄉去呢……

「對、對了！總是沒有機會回去，所以一直忘記了！」

「那麼想起來不就好了嗎？就回去看看吧——記得好像沒辦法是不是？」

自從住在這裡的那一刻起，好像因為習俗的關係而無法離開我的身邊。

「是的……而且，好像又想回去，又不想回去……心情好複雜……」

「什麼意思？」

「因為不能以落敗的龍族身分回到故鄉……他人的視線實在……」

芙拉托緹的視線完全往下望。原來是這樣啊……

這部分的心情的確只有本人才理解吧。

而我以前是上班族，回老家就像療癒每天的疲勞一樣毫無抗拒，但那是因為我有固定工作。就算是固定工作，過勞死可就得不償失了……

「我說啊，如果妳回去的話，會遭人白眼嗎……？」

由於原因出在我身上，因此我謹慎地詢問。

「至少攻擊紅龍的聚落打輸之後，氣氛並沒有什麼改變。畢竟藍龍整體都是落敗者。在落敗者這一點上大家都平等。」

「不會把所有責任推給芙拉托緹妳嗎？還真是開明的社會啊。至少比我以前待過的公司似乎開明多了。」

碰到這種情況，大多都會找人當代罪羔羊。

「亞梓莎大人，在吾人所知範圍內，力量代表一切是藍龍的習俗，既然遭到整體部族認定為弱者，即使懊悔也必須忍受應該是普遍的想法。」

芙拉托緹無力地點頭同意萊卡的發言，看來是真的。

然後芙拉托緹視線朝上望著我，繼續開口。

「不過，現在的芙拉托緹絕對服從主人……可能有一定數量的藍龍認為這很丟臉……」

「唔！就算之前不知道，我也感到心痛……」

由於我已經反覆摸過芙拉托緹的角，導致芙拉托緹必須住在我家。

還有，萬惡的根源是最喜歡惡作劇的魔王佩克菈。

不過……讓芙拉托緹成為家人是一件高興的事，各種感情也在我心中激盪。其實一部分也該感謝佩克菈。

「所以說，妳究竟想回去，還是不想回去，追根究柢，答案究竟是什麼呢？」

萊卡單刀直入地問。

「拜託，問題沒有這麼單純啦。畢竟即使不斷煩惱，煩惱到最後，還是很困難……」

「即便如此，要回去就該回去，不回去就別回去，沒有清楚決定的話，會永遠也回不去喔。這種事情如果想等待好時機，再怎麼等都不會來臨。妳不是也說過庫庫小姐一直維持以前那樣，期待哪一天時來運轉的想法是不對的嗎？」

萊卡這番大道理聽得我心好痛。

可是，如此一板一眼的個性似乎對芙拉托緹也有效。她可能感到同樣身為龍族的萊卡，其實正認真思考自己的處境吧。

「會、會想回去吧……至少想告訴父母，目前在主人這裡過著幸福的生活。」

得到結論了。即使芙拉托緹煩惱著，依然得到了結論。

「我知道了！那麼我也陪妳去。否則妳也沒辦法回去吧？」

「好的，這個……不少藍龍沒有親眼目睹過主人有多強的，能不能請主人散發非常強大的氣場，蒞臨藍龍聚落呢？」

我不太明白芙拉托緹這番話的意思。

「只要全體藍龍知道大家都比不上主人，就能營造我芙拉托緹住在高原之家是無可奈何之舉的氣氛。如此一來，壓力應該也會小一點吧～」

畢竟內容不太好光明正大開口，芙拉托緹的聲音也壓低了些，但我明白了。

只要藍龍認知到沒有誰打得贏我，就不會有人認為原因出在芙拉托緹太弱。

「可是，這樣我不會完全變成壞人嗎……？」

「這倒是沒關係。力量即正義是我們藍龍族的價值觀。會與紅龍族鬥爭，也是因為彼此差距靠努力還能勉強彌補。」

雖然很在意為何會養成這種霸王般的價值觀，但龍族多半就類似霸王吧。

「明白了。那麼就找個好日子去吧。」

「何不現在就出發呢。」

「咦，真的嗎？為善不宜遲也沒這麼快的吧！」

「亞梓莎大人，吾人也要去。」

這時候萊卡表明要同行。

「我是無所謂，可是對萊卡而言，不是堪稱敵營嗎？」

「是沒錯……但是她要和亞梓莎大人一起旅行，這個，該說不太公平嗎……」

動作扭扭捏捏，萊卡同時嘀咕。

唔～！好可愛啊！不愧堪稱我的妹妹！

「要來也可以，但我可不載妳喔。」

芙拉托緹顯然不太滿意。

「沒關係，吾人會自己飛過去。」

◇

我騎著芙拉托緹，以藍龍聚落為目標。

現在起飛的話，好像傍晚時分就會抵達。

像這種事情，的確應該想到就立刻行動。比方說，在日本只要搭乘新幹線或飛機，幾乎在當天就能抵達日本各地。連回老家都可以。

問題是，依然不會回家去呢。旅費驚人是一個原因，像是遲遲無法下定回家的決心，也會造成拖延。

正因為想回家隨時都可以回，才會導致過了一年兩年都沒回去。

然後，我們在藍龍聚落的不遠處降落。

抵達後，我的第一感想是——

「好冷！與其說好冷，根本到處都積雪嘛！」

「是的，這片土地終年積雪不化。」

恢復人型外表的芙拉托緹滿不在乎地表示。

另一方面，萊卡像我一樣雙手緊抱自己的身體，抵抗寒意。

「那麼我們前往聚落吧。平時大家都是人型外表，應該也沒有違和感。」

走了一段路後，在一塊感覺比我家海拔高得多的臺地上，散落著幾排房屋。

入口有一塊直接寫明「此處為藍龍聚落」的招牌。

走向主要街道之處，見到中央有一塊略大的廣場。

幾條道路以廣場為中心呈現放射狀。

更後方，登上大約一百階樓梯之處還有一座建築物。可能是宗教設施，或是要塞吧。在日本的話，很像神社或寺廟座落的場所。

「總覺得與紅龍聚落相比更像人類呢，與人類的聚落完全沒有差別。」

「對啊。我們考慮到效率，才以人類的外表生活。誇示龍族的外表並沒有什麼好處。這一點與紅龍那些自大狂可不一樣。」

「為什麼要在這裡說吾人的壞話啊。」

萊卡表示抗議，我能明白。

「芙拉托緹，怎麼能這麼露骨地嗆人呢。來，快道歉。」

「唔……主人，剛才算是一時興起而已……」

「就算一時興起也很沒禮貌。如果藍龍被人說是瞻前不顧後的笨蛋，芙拉托緹也會生氣吧？」

「唔……是、是我不好……」

芙拉托緹很乾脆地屈服，向萊卡賠罪。

嗯，這種事情就該當場解決才對。

「不過，怎麼這麼空蕩蕩呢。」

乍看之下沒有任何人，至少大馬路上一個人也沒有。

「該不會因為這裡很冷，大家都躲在室內吧……」

雖然萊卡這麼說，但藍龍的價值觀與怕冷的紅龍應該不同。

「可是房子裡連燈火都沒有呢，明明已經天黑了。」

沒錯，我們抵達的時間並非白天，而是夜晚。可是連亮光都沒有。

「噢，有點沒趕上呢。大家都已經睡了。」

「咦，已經睡了？」

「是的，藍龍在天黑後會迅速吃完晚飯，隨即就寢。比方說——」

芙拉托緹繞到後巷，隨便從一間屋子的窗戶窺視屋內。

與其說沒禮貌幾乎是犯罪了吧……好像闖空門前的探路一樣。

「看，所有人都在睡覺。」

在隱約的光線中一瞧，果然都躺在床上。

「應該還沒這麼晚吧……不是頂多才過傍晚六點嗎……」

萊卡表示困惑。確實就算不是熬夜，但這也太早了……

其中，我的肚子發出『咕嚕～』的聲音。

「欸，這裡難道連一間夜晚營業的居酒屋之類都沒有嗎？」

「沒有。」

立刻得到回答。

慘了，有種被丟在超級鄉下的感覺……

「反正也無事可做，很快就要完全天黑了，我們回家睡覺吧。」

「說要回家，可是芙拉托緹的家人已經睡了吧……？在打招呼之前就睡在別人家裡……很過意不去……」

「如果吾人也睡的話，不會被當成紅龍族蓄意挑釁吧……？」

連萊卡都在意這方面。

拖到家人就寢時間才回來，自己上床睡覺，這什麼粗回家（我自創的詞，意思是粗率的回家）啊！

「即使要花錢，吾人也覺得在鎮上的旅館投宿比較好……在陌生的住宅內過夜會有壓力……」

萊卡如此提議。我也認為這樣比較好……

想到對方的父母不知道會怎麼看待，就不想睡在她家呢。

「連旅館都沒有。」

芙拉托緹說得很乾脆。

「什麼都沒有喔！」

「沒有啦，因為這裡又不是街道的中繼點，也不會有旅客。當然不需要旅館啊。」

這裡比想像中還荒涼耶……即使是弗拉塔村，設施都還比較多呢。

「這裡究竟是以什麼產業維生的啊？」

「沒有什麼產業喔。如果需要錢的話，就跑到人類那邊，透過身體勞動賺錢再回來。另外就是隨便到尚未開發的山中，狩獵野豬之類。」

「呃，吾人認為妳們應該放棄走一步算一步的生活，過得比較有文化一點。」

雖然萊卡這句話也接近貶低，但幾乎是事實了……

「有文化啊。看，階梯上有座神廟，一年會在那裡舉辦好幾次祭典。祭典的時候很熱烈喔。雖然心情一亢奮馬上就會上演全武行導致有人受傷，但還是很熱烈喔～！」

不如說很凍人吧！

萊卡翻白眼望向芙拉托緹。

我想起藍龍族攻擊紅龍族那時候。

當時也是突然跑來襲擊，原來是這麼回事啊。

藍龍生活的價值觀，好像不良高中生耶！

紅龍好像在舉辦結婚典禮　↓　心情不爽，我們去鬧場吧

肚子餓了　↓　去狩獵野豬吧

快要沒錢了　↓　稍微工作一下吧
有人打架很強，輸給對方　↓　強耶！尊敬耶！一輩子跟定啦！
舉辦祭典囉　↓　噢噢～！熱血沸騰啦！

但如果是不良高中生，應該不會這麼早睡吧。這一點不一樣。

話雖如此，卻感覺不到他們腳踏實地過日子。完全沒有計畫性的概念。

一般這種生活方式是無法長期持續的，但因為龍族的強大能力，才得以維持吧。

「亞梓莎大人，雖然這麼說很任性，但吾人想前往這一帶最近的鎮上，在該處的旅館過夜。」

萊卡的表情十分僵硬，應該是認真的。

「我也一起去吧……還沒打招呼就在別人家裡睡覺有點不太好……明天早上再來一趟……」

「咦!?真的嗎!?」

結果包括芙拉托緹在內，我們花了三十分鐘飛到山腳的城鎮，在該處投宿。

當天，趁芙拉托緹去泡澡的期間，我聽萊卡抱怨。

「亞梓莎大人，藍龍族與紅龍族不合雖然是真的，其實原因是他們實在太蠢了。以前根本沒什麼重大恩怨，總之就是自以為了不起而跑來找碴。」

根本就是不良少年找隔壁高中挑釁的想法……

「她之所以一直結不了婚，雖然沒辦法大聲張揚，但也很難說不是遭到其他龍族避之唯恐不及呢……即使在龍族中，藍龍都是問題特別大的……」

為什麼在異世界還得感受人際關係中最累人的部分啊。

這時候全身暖呼呼的芙拉托緹進入房間。

「哎呀～真是舒服的熱水呢～泡澡真棒啊～」

我和萊卡同時噤口。

總覺得明天只有惹出麻煩的預感……

◇

到了隔天早上九點左右。我們再度來到藍龍聚落。

街上還是沒看到人。

「噢，多數藍龍平常只在上午十點到下午五點活動，可能是因為這樣。」

以為是鄉下的店家營業時間喔……

話雖如此，總該已經起床了吧，因此我們前往芙拉托緹的老家。

有兩位頭上長角的人，他們應該就是雙親吧。外表絲毫沒有不良分子的模樣。另外，龍族可能因為老化較慢，外表頂多像三十幾歲。

「哦，芙拉托緹，妳回來了嗎！」

「聽說妳的角被人摸的傳聞囉！」

父親與母親接著向芙拉托緹問候，從表情馬上就看得出他們十分高興。

不過，遇見父母不知道該露出什麼表情的芙拉托緹，

「我、我回來了……」

則是有些缺乏自信地笑了笑。

從這方面看來，與人類回老家沒什麼差別呢。

「畢竟上次輸給了紅龍呢。反正勝敗是常事嘛。雖然在規則上無力再戰鬥，不過這樣就好了。挑戰本身並不是壞事。不爽的時候去揍人是很正常的。」

父親這番話聽起來言之成理，實際上卻很嚇人。

別教育女兒不爽的時候就去揍人好不好。

「沒錯。覺得可以就該去做，沒有必要後悔。別管什麼害羞不害羞。沒膽子去揍人的膽小鬼反而比較可恥呢。」

母親這番話似乎也在力挺女兒，但聽起來怪怪的！

不要褒獎跑去揍人的行為好嗎。

「然後這是我現在的主人，超強的高原魔女亞梓莎大人，以及紅龍中最強的萊卡。」

怎麼會在介紹中加入強弱的要素啊。

不過終於介紹給藍龍，而且還是芙拉托緹的雙親認識了。

兩位會有什麼反應呢……該不會認為我奴役女兒吧……

只見雙親的眼神一變。

「妳就是高原魔女嗎~！哦~！是本尊，本尊耶！等一下來較勁吧！」

「高原魔女小姐，外表比預想中還嬌嫩呢！請在牆壁簽名吧！等一下來過兩招吧！」

「這我真的要吐槽一下了，為什麼會要求較勁啊!?」

對第一次見面的人不該說這句話吧！

「還有，這一位算是紅龍族的頭目嗎？之前真是不好意思啊，下次來較量吧。」
「打架雖然不行，倒是可以用更加安全的形式比賽吧。要不要比一比？」
只見萊卡的臉部抽筋，回禮表示「請、請多多指教……」
感覺好像大小姐來到野孩子的家裡玩耍……
「兩位，既然機會難得，就帶領妳們介紹聚落吧。雖然一間店鋪也沒有。」
「謝謝……」
之後，聚落裡也開始出現人型外表的藍龍，見到芙拉托緹的人，都主動上前打招呼。
似乎沒有瞧不起服從我的芙拉托緹，太好了。
只不過——
「妳就是高原魔女吧！來較勁吧。」「雖然我的小名不足掛齒，但是來比一比吧！」「姊姊，姊姊，來過兩招吧！」
目前被人要求較勁的機率高達百分之百！
「亞梓莎大人，比方說『精靈喝酒會很麻煩』就是帶有歧視性的發言，由於考慮到有精靈不喝酒，因此可以得知這句話不恰當。」

總覺得這句話是拿哈爾卡拉來比喻，不過就先忽略吧。

「可是『藍龍都會要求較勁』，在這種情況下只是單純的事實，就算說出口也不會引發問題吧？」

「有什麼不好？反正多半也不會有人因此遭到輕視。」

而且芙拉托緹似乎不認為，這麼想有什麼不對。

「回來之前原本還很不安，還好一切都沒變。」

難道藍龍是戰鬥民族嗎？

力量就是正義的價值觀，原來一點也不誇張啊……

在聚落閒晃的時候，人數愈來愈多。

可能因為很少有陌生人光顧，看得出正受到矚目。

「主人，大家似乎都想見識主人的力量，能不能和幾個人過過招呢？」

芙拉托緹如此懇求。今年的流行語大獎可以選擇『較勁』了。

「首先，我先說真心話。其實我不想比，況且又沒有好處。」

想嘗試身手的人怎麼可能在高原上慢活三百年呢。

「不過，大家都很期待……甚至還有人躍躍欲試地看著我呢……既然沒得退讓，就來比吧。」

似乎有人聽到，大喊「芙拉托緹服從的高原魔女願意較量身手囉！」

隨即響起『唔噢～！』的歡呼聲。

實際感受到異文化交流真的很困難呢。

前往少數民族的聚落，結果所有人不帶惡意主動挑戰，這很奇怪吧。

就這樣，決定在廣場上一較高下。

如果是比腕力之類就輕鬆多了，結果不知何時巨大藍色身體的龍一字排開。似乎真的要以戰鬥形式一較高下。

幾乎聚落的所有人都跑了出來。圍觀群眾有人維持人型，也有變成龍的模樣。其中還有人依然穿著睡衣，甚至有揮舞巨大旗幟的人。

在廣場附近設置了臨時帳篷，該處成為我們的休息室。

「主人，基本上要將他們揍得落花流水也無妨，沒有藍龍會因為落敗心懷怨恨。但是請千萬不要碰觸雙角。要是大家都成為主人的僕人，聚落會瓦解的。」

「嗯，我會牢牢記住……」

要是成為收了三十隻藍龍當作部下的高原魔女，平穩的生活就永遠完蛋了……

萊卡望著熱絡的氣氛，同時板著臉表示。

「亞梓莎大人，請好好教訓他們一頓吧。否則可能是在侮辱他們喔。」

只見萊卡的視線望向芙拉托緹。

的確有可能。萬一我沒什麼了不起，就代表輸給我的芙拉托緹也沒什麼了不起。我必須防止她的家族遭人輕視。

「而且，如果他們覺得有機會贏，連其他龍族都會跑來較量。龍族彼此雖然締結過非戰條約，卻與亞梓莎大人沒有任何協定。可能會有龍族為了打發時間，天天跑來高原之家討戰……」

即使氣溫低，還是聽得我一陣寒意。

「我會竭盡渾身解數戰鬥的。」

不用等到上門挑戰，我會讓他們認識到絕對贏不了我。這是唯一的方法。

「那麼，時間差不多到了。裁判由我芙拉托緹擔任。」

「雖然可能在公平性上有問題，但只要我壓倒性勝利就行了吧。」

然後我來到廣場，歡呼聲好盛大，其實也是因為不少觀眾是龍族型態。還有飄在半空中一邊試圖觀戰的龍，到處都是巨大的影子。

「第一場比賽是我芙拉托緹的母親，凱茵雷絲庫，凱茵雷絲庫！」

原本在正面的龍往前跨出一步。

「一下子就要面對家長，這也太難應付了吧！」

「還是想趁妳尚未疲勞的新鮮狀態下挑戰，才拜託女兒依照這種順序的。」

居然向裁判說項，這樣母湯吧。

還有，新鮮這個詞聽起來好像生魚片，讓人有點在意。

我立刻朝龍衝過去。對方也朝我衝過來，正好。

「那麼，比賽開始！」

看來要吐出寒氣了吧。

「看～我～的！」

在她吐出之前，我朝肚子一拳打過去。

砰！勁道正好的彈力衝擊傳到手臂上。

然後只見龍朝天空的彼端飛出去——這麼形容太誇張了，其實是呈拋物線，墜落在聚落的外側。

「老媽，還站得起來，站得起來嗎？站不起來了吧。好，是主人獲勝！」

芙拉托緹高高舉起我的手。總之，就以這種感覺持續吧。

觀眾發出盛大的歡呼聲（由於是龍，幾乎等於咆哮聲）。

既然似乎很得觀眾的喜愛，就算ＯＫ吧。

「好，下一位比賽對手是芙拉托緹的父親艾爾梅西坦，艾爾梅西坦！」

媽媽打完換爸爸喔！拜託考慮一下公平性好不好！

還是刻意讓親人大搖大擺，堂堂正正上場挑戰嗎……？

「好久沒有大鬧一場啦！魔女大人，覺悟吧！」

真是一群血氣方剛的人呢……讓人想起萊卡她們的辛苦了。

這次龍爸爸一開始就吐出寒氣攻擊，所以我以火炎魔法防禦。

「什麼！不靠詠唱與魔法陣竟然有這種威力！」

某個觀眾說出很有解說員感的發言。

「以火炎魔法防禦寒冷吐息的確是普遍的方法。不過大多數情況下，畫魔法陣或詠唱都會來不及，因此威力不足以防禦能馬上使用的寒冷吐息。果然，那魔女是真正的強者呢！」

雖然不知道是誰，不過感謝解說啊。

那麼，一直防禦下去也無計可施，因此我一口氣縮短距離，加速後使出一踢！

這次沒有一腳踢飛龍爸爸，但他身體一歪，隨即直接倒下。

「唔……好驚人的威力……這連女兒都贏不了啊……毫無疑問的一擊……」

您能理解真是太好了。

又有人喊出「厲害喔！」的歡呼聲。我現在隱約明白，力量即正義是怎麼回事了。即使我擊敗藍龍，他們似乎一點都不認為很丟臉。反而是我變成了英雄。甚至只要夠強，做什麼事情都會被容許。

「好，比賽繼續進行囉。接下來是芙拉托緹的伯父巴爾丹德，巴爾丹德。」

「芙拉托緹，就算攀親帶故地挑選，也太極端了吧!?」

沒辦法。只能擊敗所有龍族了。這一切也是為了芙拉托緹——其實我愈來愈不明白到底是不是，但是必須打下去這一點是真的。

之後我持續對戰，成功連贏五十人。

其實我沒有數那麼詳細，只是充當解說的觀眾告訴我「終於連贏五十人了呢！」

附帶一提，我並不覺得疲勞。因為幾乎都是一擊決勝負。不鼓足力量使出的攻擊雖然無法一擊KO，但只要使勁往前衝，加上全身體重的話，就能達到必殺的一擊。

「差不多沒有人上場挑戰了吧。主人的實力果然是貨真價實。」

芙拉托緹的表情比我還得意。妳畢竟是裁判耶。

好像還有龍尚未上場戰鬥過，不過聽到連誰誰誰都輸了，自己怎麼可能贏得了的聲音。剛才擊敗的對手中，可能有些是藍龍界的強者吧。

「差不多可以結束囉。完成一項任務，真是太好了。」

不過——出乎意料的人物大步走到挑戰對手用的位置。

居然是萊卡。

「亞梓莎大人，請和吾人一決勝負吧。」

萊卡的個性一板一眼，不喜歡惡作劇。

因此也可以立刻得知，她這句話是認真的。

畢竟連表情也十分認真。

「能不能先讓我聽聽原因呢？」

不知道原因的話，實在很難開口。

「吾人以徒弟的身分在亞梓莎大人底下刻苦勤勉，不斷磨練自己。今天就要透過與亞梓莎大人對戰，確認成果。」

刻苦勤勉，這種形容詞有些沉重呢。我倒是過得更加輕鬆就是。

「妳的努力我一直看在眼裡，所以很明白。可是，這些努力並非一年兩年，而是要一兩百年才有意義不是嗎？」

畢竟我可不知道什麼短時間急速成長的方法。

「是的。吾人不認為能夠急遽成長，也不認為自己能贏，終究只是想挑戰看看。不如說想藉此徹底落敗，畢竟只有從落敗才能往前進。」

這番發言很有萊卡的風格。既然她這麼死腦筋，那只能回應她的期待了。

「好啦好啦。取而代之，受傷了我可不管喔。況且這場對戰放水可能就沒意義了。」

「敬請師傅指教！」

光聽她的聲音就知道精神十分集中。

「所以說，芙拉托緹，繼續當裁判吧。」

「啊，我知道了……可是既然都這麼說，應該連裁判都沒必要了吧？主人的實力已經是貨真價實了。」

或許是這樣沒錯。我自己也絲毫不認為會輸，應該能從容獲勝。

「如果不是正式比賽，對萊卡就太失禮了。希望裁判能確實宣布誰輸誰贏。」

「原、原來如此！」

芙拉托緹似乎也明白了我的意圖。

周圍的觀眾再度歡呼。

不過，隨即鴉雀無聲。

大家都想仔細目睹這場對戰。

因為我與萊卡都露出傾盡全力的表情。

隨後萊卡的外表變成身軀龐大的紅龍。

噢，萊卡當時第一次上門挑戰的記憶在腦海裡復甦。

真想告訴她，感謝她當時找我挑戰。

如果我沒有遇見萊卡，或許根本不會考慮建立現在的家族。況且當初她上門完全就是麻煩，房子也有一點損毀，弄得一團亂——不過做為回報，她也帶給我許多幸福。

原來幸福會來自出乎意料的地方呢。

所以人生才有趣啊。

「吾人會全力以赴。」

「那當然。現場氣氛這麼火熱，如果還放水的話，我也會生氣喔。」

芙拉托緹交互望向我與萊卡的表情後，才揮下高舉的手宣布「開、開始！」

首先萊卡振翅飛上空中。

然後後腦杓往前伸，朝正下方俯衝。

原來如此，打算卯足全力使出強力一擊嗎？

就算使出吐火這種從容不迫的攻擊，也發揮不了效果吧。

萊卡的手略有動作，打算採取以手撞飛我身體的作戰嗎？

一旦成功，肯定會被撞飛很遠。

因此我沒有躲過她的攻擊——而是全力承受！

我大大敞開雙臂，擺出擁抱的姿勢，然後迅速合攏雙手抓住她。

雖然感受到劇烈衝擊力，不過確實成功擋下來。

會感受衝擊力，代表這是我今天第一次受到傷害。

畢竟是戰鬥中，萊卡一句話也沒說，精神也尚未鬆懈。

可以感受她的求勝意志，不足的頂多就是威力。這方面只要在我的指導下逐漸成長即可。

「那麼，換我反擊囉。」

我朝萊卡的身體反覆使出踢腿與拳擊。

雖然是單調的攻擊，但每一拳每一腳的威力都很大，因此確實削減萊卡的體力。

接著，最後朝天空——

像踢足球一樣往上一踢。

在相當長的滯空時間後，龍型態的萊卡墜落在離聚落有一段距離的山上。

轟隆～的震動聲甚至傳到這裡。

觀眾頓時開始議論紛紛。

我瞥了一眼芙拉托緹。

「裁判，結果呢？」

「啊……這個，萊卡，萊卡？還站得起來嗎？」

從遠方傳來龍族特有的粗厚聲音表示：「站不起來了……」

芙拉托緹立刻跑到我身邊，舉起我的手高喊：「勝利者，是主人！」

之後，我總算從較勁中獲得解脫。

◇

但接下來面對的，卻是藍龍連串的問題攻勢，以這種意義上根本還沒解脫……某種層面上，這種攻勢可能比較難熬。

不過這段期間內，芙拉托緹得以與家人好好團聚，就當作OK吧。記得芙拉托緹的年紀比活了三百年的我長壽，但女兒不論幾歲都是女兒呢。

另一方面，萊卡略為低著頭。

「欸，萊卡，怎麼消沉沮喪呢～？」

趁藍龍的質問攻勢暫告一段落的空檔，我從下方窺視她的表情，只見萊卡害羞地臉紅。

「吾人才沒有消沉沮喪！只不過向亞梓莎大人提出很蠢的要求，現在開始感到難為情了……」

原來如此，無顏面對的意思嗎？

我緊緊以雙手夾住萊卡的臉頰。

「呀、哈呼！」

被夾住臉的萊卡沒辦法順利開口，表情變得有些滑稽。

「當時是萊卡明確做出的決定，所以絲毫不需要難為情。抬頭挺胸活下去吧。」

「吾、吾郎朱到了……」

明白就好，我鬆手放開萊卡。

「萊卡不是變強了嗎？今後也繼續維持下去吧。」

得好好鼓勵徒弟才行呢。

於是，萊卡的表情頓時開朗。

「非常感謝師傅！今後吾人會繼續精進的！」

即使這趟旅行萊卡跟來是偶然，但還是學習到了某些事物。

人生果然難以預料會發生什麼事，所以才有趣呢。

藍龍聚落之旅，得到了一定的收穫。

只不過這時候，萊卡的嘴巴癢癢地一動——

「哈啾！」

接著打出一個大噴嚏。

「亞梓莎大人，這裡實在太冷了……」

「嗯，這一點我同意萊卡……」

我們呼出白色的氣息，冷得發抖。

依照這裡的氣候，藉由較勁活動身體倒是剛剛好呢。

參加魔族音樂祭

回到高原之家的路上，我與芙拉托緹聊了一會兒。

「雙親理解了嗎？說真的，他們不太擔心呢。」

「是的。他們告訴我，侍奉最強魔女大人要盡心盡力。」

「就是這種感覺吧。總之，還想回老家的話再告訴我喔。」

對我而言的故鄉就是高原之家本身，但是對其他人而言卻又不一樣。

「好的！到時候就再麻煩了！不過回老家的話，主人多半又會被要求較勁吧。」

「唔……這樣的話，希望回老家的頻率能降低一點……」

◇

回到家後，隨即聽到詩琴的聲音。

「獨自一人，冬天就特別寒冷……♪身子縮在被窩裡，以自己的熱量對抗寒

意……♪啊，對啊，這才發現自己溫暖了自己……♪」

響起庫庫陰鬱的歌聲呢……有點像詛咒。

「啊，媽媽……歡迎回來……」

法露法雖然前來迎接，但今天的腳步感覺十分沉重。

平常總是連跑帶跳地撲過來。

「總覺得氣氛有點沉重，沒事吧……？哇！夏露夏，怎麼了！」

夏露夏在房間後方以額頭貼著牆壁，歪歪地站著不動。

這種姿勢，除了醉鬼以外我還是頭一次見過……

「絕望。看不見光芒。什麼都感覺不到。厭世哲學……」

「夏露夏！夏露夏！要煩惱可以，但至少別擺出這種姿勢！」

我急忙拉夏露夏坐在椅子上。

期間內從庫庫的房間依然傳出**「感覺走過身邊的每個人都在笑我，這種星期天……♪」**的歌聲。

「亞梓莎大人，似乎是一直聽這種曲子，導致大家墜入了黑暗深淵……」

「原來如此，一直聽灰暗的曲子對法露法她們造成了影響嗎……」

可是其中，芙拉托緹卻開心地手扠胸前。

「嗯。確立了獨特的方向性，以自己的話語訴說世界呢。」

歌聲的確不錯。該說滲入人心嗎，有股一把揪住的力量。
問題在於老是被一把揪住，對精神造成不良影響也是理所當然的……
「等一下，除了女兒以外該不會影響到了其他人吧……」
「哈爾卡拉小姐應該到工廠上班了，影響可能也比較小。」
萊卡的說法有道理。不過，哈爾卡拉最好設想最壞的情況。
我打開哈爾卡拉的房門一瞧。
只見身穿睡衣的哈爾卡拉無力地坐在床上。
「天啊，真不想去公司……蹺班了……」
「哈爾卡拉，怎麼了？到底怎麼了……？」
「啊～能不能以紅蓮的業火燒光世界呢……什麼妖精森林，一切都化為灰燼算啦……」
不行，眼神都是死的。居然連公司都不想去！不，我也明白想蹺班的心情，但那是因為工作很難受，原因完全不同。
「來，總之先站起來喝點水吧！」
「連喝水都好麻煩……」
「那麼去晒晒太陽吧！晒二十分鐘太陽應該會好轉喔！」
「連外出都好麻煩……」

這太嚴重了。對了，還有那一招！

我硬灌哈爾卡拉一瓶『營養酒』。

只見哈爾卡拉的眼神開始恢復生氣。

「啊……好像湧出了幹勁呢……」

「太好了！哈爾卡拉的飲料，效果真是超群！」

「對啊，要說效果超群，就是庫庫小姐的歌聲呢。一開始心情沉靜至剛剛好的程度，結果感覺靈魂愈來愈往地底鑽了。」

聽哈爾卡拉說明後，我大致明白原因。

一言以蔽之，雖然庫庫讓才能綻放，但是綻放過頭了。

據說天才會讓別人的人生朝奇怪的方向前進，這就是現成的例子。

「不過，還好哈爾卡拉復活了。之後就是……羅莎莉呢……」

至少她沒有飄浮在餐廳。

「來了，叫我嗎，大姊。」

羅莎莉唰一下從地板冒出來，我差點尖叫。

「拜託，出現的方式不能再普通一點嗎……咦，妳似乎沒事呢。」

看不出來對精神產生鎮靜的影響。

「討厭啦，沮喪失落是活人的用詞，拿來形容死人根本是騙小孩嘛。就像五歲小孩說自己體會到人生的嚴苛一樣。哈哈哈！」

羅莎莉一笑置之。

「因為就算說好難受，也沒有自殺吧？而我早就自殺啦！所以才會變成惡靈嘛！哈哈哈！那樣根本不算什麼煩惱喔！」

「完全搞不懂到底是消極還是積極！」

之後我們告訴庫庫，請她白天在外頭練習。

「不好意思，因為我得練習彈得更好才行……」

聽我們一說，庫庫似乎才終於察覺到，相當過意不去。

「嗯，我明白妳的心情。可是，拜託在戶外練習吧。」

「在晒到太陽的地方，心情會很晴朗不適合練習……畢竟是灰暗的曲風……」

這還真難辦耶！

這時候，我想起一個好點子。

「意思是陰暗的場所比較好嗎？」

「是的，潮溼又不舒服的地方更合適。」

「這麼一來，有一間目前當作食物儲藏庫的地下室，妳進去那裡練習吧。」

嘗試之後，庫庫讚不絕口表示「還會回音，太棒了」。話說回來，地下室又陰暗，很像展演空間呢。

之後，庫庫一直在地下室不斷練習。

◇

然後，終於到了參加音樂祭的日子。

一如慣例，空中飛來超巨大生物。

庫庫似乎受到衝擊，我們倒是早已習慣。是利維坦。這個色澤應該是瓦妮雅。

過了一段時間，法托菈降落至地面。

「以國賓的身分招待各位。方便請各位上船嗎？」

「每次都辛苦妳了，法托菈。」

「不會，畢竟這也是工作。另外別西卜大人因為開會無法前來，還難過地哭著表示無法與兩位女兒一起旅行呢。」

也許是我太多心，但她用女兒這個詞讓我在意。別西卜那傢伙，該不會開始將法露法與夏露夏當成自己的女兒了吧……

來到瓦妮雅的身上後，聆聽與剛才差不多的說明。

「比上一次增加了新的建築物，也帶各位參觀吧。」

哦，究竟是什麼呢。

進入一瞧，只見史萊姆武鬥家，武史萊小姐正以拳頭打擊垂掛在天花板的球狀物。

周圍還放了幾件器具，分不清究竟是訓練用具還是刑具。

「這裡是訓練室，今天武史萊小姐在使用。」

「啊，辛苦了！目前正在練習讓武史萊流的史萊姆拳法登峰造極喔！大家要不要一起練呢？」

「……其實我不用了。」

不過萊卡表示「吾人要在這裡流點汗！」跟著參加。

之後我們在交誼廳之類的房間放鬆一番。

庫庫也在房間裡待了一會兒，不久後卻站起來。

「我……去練習一下……實在無法冷靜……」

「即將站上舞臺的人都會這樣呢。可以去練習一番，直到舒緩緊張為止喔。」

其餘的家人們翻閱置於交誼廳的音樂祭節目表（為了我們，已經從魔族語翻譯成看得懂的語言了）。

音樂祭會持續進行三天。

會場為整座范澤爾德城邑，連外側都有活動進行，光是大型舞臺就分為大競技場、墳場舞臺、舊刑場原野舞臺，以及瘴氣沼澤填築地舞臺。

雖然形式接近嘉年華，整體舞臺設定卻有些詭異。

「根據之前別西卜小姐送的書，以前似乎有許多處刑會挑節慶日執行，藉以炒熱慶典氣氛，似乎是當時留下來的習慣。」

博學的夏露夏告訴我。

「原來如此……類似祭品的感覺吧。」

「在祭典中途，城邑等地還會舉辦遊行，也會聚集許多攤販，據說非常熱鬧。」

「唔。畢竟是魔族辦的活動，應該真的很熱鬧吧。」

庫庫的表演是第二天的墳場舞臺。基本上是站立觀賞，不過後方也設置了座位。話說這座位，怎麼看起來像墓碑……

「然後在最後一天，登上大競技場的魔王會與聲音之神重新簽訂支配聲音的契約，然後活動落幕，畢竟原本是宗教意義上的活動。」

「這方面的祭典起源可能在每個世界都大同小異。」

正好，法托菈這時候端來蜂蜜水。這女孩真的好勤快。

「基本上，請當作包含音樂演奏的大規模祭典吧。國賓需要在最後一天魔王大人表演的活動中出席，其他時間可以自由活動。」

「那麼，第一天就到城邑逛逛吧。正好有地方想去看看。」
「請問想去哪裡呢？」
對法托菈而言，似乎對於我有要去的地方感到意外。
「目前朋德莉不是住在城邑嗎？我想去看看她。」
朋德莉是餓死後變成不死族的貓獸人。
現在應該在范澤爾德城的城下町開設『陪人玩遊戲的店』。
提議者是我。由於她當了很久的尼特族，我才建議她從事尼特族也能做的工作，陪人一起玩遊戲的職業。
她的人生與我也有不小的關聯，我覺得有義務看看她的情況。而且也想確認一下，她到底有沒有認真工作……畢竟她可是堅定不移的尼特族……
「朋德莉一直有認真工作喔，至少沒有欠繳住民稅（註5）。」
「原來這是基準喔。」
有錢足以繳交住民稅，代表生意應該不錯吧。
「不過，既然這場祭典這麼盛大，早知道我的哈爾卡拉製藥也該擺個攤位之類才對。」

註5　地方政府抽的稅。

哈爾卡拉還是一樣商人魂堅強，以前她甚至靠商人魂熬過難關呢。

「是的，全國各地都有為了宣傳而擺設攤販的公司喔。今年先觀察一番，如果覺得有機會，下一次就請繳交攤位申請書吧。」

「好，我知道了！」

「附帶一提，今年的會場也有賣攤位申請書，接受從音樂季最後一天的隔天到下一次音樂祭的申請。如果文件不齊全，會增加落選的可能性，所以要重點確認填寫內容喔。」

總覺得類似同人誌即售會的規定，在這個世界的各處都適用呢。不，可能是這種行政工作不論在哪裡都一樣……

「另外要參加扮裝活動的人也需要扮裝許可證，記得要申請喔。」

果然很像即售會嘛！

同人誌文化還真是普遍呢。嗯，沒錯，肯定是這樣。

過了一段時間，庫庫與萊卡都流著汗回來。

「真是舒暢的練習呢。」（庫庫）

「真是舒暢的練習呢。」（萊卡）

真想不到，兩人會說出一模一樣的感想呢。即使類別完全不同。

庫庫一臉盡了一切努力的表情。
總覺得她的兔耳也挺得比以前更直。
萊卡與稍後前來的武史萊小姐有說有笑。
「武史萊流史萊姆拳法還真是深奧呢，吸收後應該會變得更加靈活。」
「對啊，因為重視效率嘛。」
「這樣就可以確實狩獵史萊姆了！」
「嗯，請儘管狩獵吧。」
對曾經是史萊姆的對象說要狩獵史萊姆，這樣母湯吧……不過武史萊小姐本人似乎沒有察覺……
當天我們享受法托菈的料理，同時朝城堡移動。這對利維坦姊妹的廚藝都好棒。

◇

隔天早上，瓦妮雅順利抵達城堡附近的起降場。
城下町一大早就已經有店鋪開張，外出人群比之前來的時候還多。從城下町進入城堡。
我們在帶領下來到以前獲頒魔族勳章時，城堡內的客人專用房間，之後是自由時間。

「庫庫小姐今天是自由時間，不過也可以事先觀察會場，在那裡調音。如何呢？」

帶領我們來到房間的法托菈詢問。

「當然要去……這可是從未經驗過的大會場……」

不用煩惱也知道要去囉。

「庫庫，要好好表演喔。」

聽到我的鼓勵，庫庫以幹勁十足的聲音回答「好的！」

那麼，其他家人就在祭典會場散步吧。我向法托菈索取城下町的地圖。

另外，武史萊小姐邀請我「要不要去健身房？」但我禮貌地拒絕。不用刻意挑在祭典日子去吧。

馬路上到處都熱鬧非凡。兩側都有設置攤販，路不只變得比平常狹窄，人數也很多，彼此擠成一團。

「看來光是要尋找朋德莉的店，就很辛苦呢……」

雖然看著向法托菈索取的城下町地圖，但距離出乎意料的遠，巷子還七拐八拐難以辨識。

不過，遊戲店在日本也是相當硬核的場所，可能也沒辦法。沒興趣的人完全不會去這種店，而硬核粉絲即使要花時間找都會去，所以難以辨識並不是什麼問題。
此外羅莎莉不斷被路過的魔族從身體內部穿過，好像不太愉快。
許多魔族看得見羅莎莉，但因為摩肩擦踵，才會直接穿過她。被人穿過的話，多半會覺得不太舒服吧。
而且，還有家人正受人潮眾多之苦。
「嗚哇～人好多好難受喔……」
「姊姊，這時候要拿出心靜自然涼的精神……」
夏露夏，那只是叫她忍耐的意思吧。
還有，原來這個世界也有這句諺語啊……
可是兩個身材嬌小的女兒走散迷路可就麻煩了。必須想想對策才行。
「欸，萊卡，有沒有什麼方法避免法露法與夏露夏走散？」
「亞梓莎大人，哈爾卡拉小姐走散了。」
結果我一開口問，就得到有人失蹤的報告了！
「這、這個……反正她知道我們目前正往哪邊走，哈爾卡拉身上應該也有地圖，應該可以會合吧……話說回來，說走散就走散了啊……」
由於這個世界沒有手機，一旦走散就很難會合。
「萊卡，怎樣才能避免兩個女兒像哈爾卡拉一樣走散？」

「牽手應該是最確實的方法。」
這話是沒錯，但現在太擁擠了，手牽手橫跨馬路走路相當礙事吧……
「有喔！法露法，想騎在媽媽的肩膀上！」
法露法立刻表示。
啊，這或許是好主意！而且法露法也可以看清楚祭典。
可是，這樣又衍生出問題。我只有一個人耶……
「夏露夏是妹妹，所以夏露夏有優先權。夏露夏要主張媽媽的肩膀乘坐權。」
夏露夏說得理所當然。
沒錯，我沒辦法同時讓兩人騎在肩膀上。
「欸~為什麼妹妹就有優先權啊？」
法露法表示異議。
「因為妹妹可以撒嬌。」
「這樣不對吧。因為騎在肩膀上摔下來不是很危險嗎？所以身為姊姊的法露法要優先，這是為了夏露夏好。」
結果法露法居然主張很像說謊的理由！
這種爭論根本沒有交集，我得強制結束對話才行。
「好了~讓媽媽來判斷吧。提案騎肩膀的人是法露法，所以法露法由媽媽背。」

「哇～！勝訴啦～！」
開心的方式有點怪怪的。
如此一來，夏露夏當然失望，眼看眼淚即將奪眶而出。即使是判斷力特別強的夏露夏，碰到這時候都會想哭呢。
身為母親看到女兒有這麼孩子氣的一面，反而會感到放心。
不過，我可不打算就這樣丟著她。
「好想上訴高等法院……」
「夏露夏就騎在其他姊姊的肩膀上吧。」
我的視線移到芙拉托緹身上。
因為芙拉托緹的身軀比萊卡更大。
芙拉托緹似乎也明白我的意思，豎起右手拇指示意交給我。
夏露夏隨即來到芙拉托緹身邊，低頭表示「拜託妳」。
「當然好啊！交給我芙拉托緹吧！」
只見芙拉托緹立刻彎下腰去，做出隨時可以上來的姿勢。
「不過夏露夏妹妹，可別握著角啊……萬一得絕對服從夏露夏妹妹的話，可就不太好了……」
對啊，還有這種問題呢……可能挑錯人了……剛才可能應該拜託萊卡才對……

「由於很好抓，會不小心想握住。」

「啊，夏露夏，真的要小心一點喔！這可是很敏感的問題呢！」

總而言之，兩個女兒都能享受騎肩膀的樂趣。

「哇～！連好遠的地方都有好多人！」

「好像變成巨人一樣。小小的人只要乘坐在巨人肩膀上，就能具備寬廣的視野。」

很好很好，女兒都很開心。畢竟小孩子開心就像工作一樣呢。

這時候傳來剛才迷路的哈爾卡拉聲音。

「師傅大人～！您在哪裡～！拜託您快回答我～！」

看來可以順利會合呢。

重逢的哈爾卡拉一把鼻涕一把眼淚。

「師傅大人……在異國獨自一人，真的好難過……」

想不到哭的不是女兒，而是哈爾卡拉……

「妳不是獨自一人也能堅強活下去的類型嗎？」

「可是現在有家人啊……」

這番話聽得我有些窩心，因此我摸摸她的頭。

前往朋德莉店鋪的路上，還是參觀了相當多各種店家。

畢竟步行距離頗遠的。

「原來如此，就算在這附近擺攤做生意，應該也能賺到不少呢。不壞喔。」

只有哈爾卡拉一人的視角很奇怪，她似乎真的想考慮擺攤。

「不如說，就算擺設三個攤位可能也有賺頭。只針對一個地方滿可惜的。在大型會場的正前方擺攤也是一招。」

「妳對這方面真的很確實耶。」

「因為錢永遠不嫌少啊。而且哈爾卡拉製藥目前沒有商業對手，乾脆在魔族土地上也設置工廠吧。」

沒有競爭對手的確是相當大的強項呢。

在我身旁，芙拉托緹有點快失去平衡。

原因是乘坐在身上的夏露夏不太平衡。

「好害怕，差一點要抓住角了呢。」

「啊～拜託千萬不要！只要雙腳夾緊，就絕對不會摔下去啦！」

真是對芙拉托緹過意不去……我肩上的法露法則一直開心地笑著。

就這樣走了一段路後，發現在祭典中有一個角落聚集了特別多人。

還聽到類似吆喝的聲音。

「那裡，是什麼，是什麼呢～！法露法，想看想看！」

法露法在頭頂上喊著。「想看想看」是孩子才能使用的形容詞。大人用這種口氣實在讓人聽不下去。

「好好好。那我們過去看吧。」

「嗯！最喜歡媽媽了！」

哦，聽到她說最喜歡媽媽了呢。真希望每天早上被這句話叫醒。

「芙拉托緹小姐，希望能朝那裡移動。追擊姊姊吧。」

「總覺得好像戰車遊戲……知道了啦……」

連芙拉托緹都被使喚呢，辛苦了。

一走進之後，才發現人群為何聚集。

因為該處擺放了大量的『曼德拉草錠』！

然後是認識的紅髮魔女站在攤位前。

「各位，有名的洞窟魔女，我，艾諾今天親自販售『曼德拉草錠』喔！這是奢侈地使用高品質曼德拉草的最棒常備藥！家裡的常備醫生，『曼德拉草』錠！」

她賣得超開心的耶！

「附帶一提，今天特別買一瓶的話，就多贈送一瓶喔！而且金額不變！當然這是錠劑，擺放在乾燥處就能長期儲存！大量購買也沒有問題！」

哇咧～

以前我也想過，這女孩在從事待客方面的工作，特別朝氣蓬勃呢……

「咦，這不是前輩高原魔女大人嗎！」

艾諾似乎也注意到我們了。

「看來妳的生意愈做愈好了呢，晚輩的成功我也與有榮焉。」

「是的。我一定要靠這一行出人頭地！看，既然要活下去，就該堅持勝利啊。」

「噢，嗯……以妳心中的正義而言，這樣應該ＯＫ吧……」

這女孩原本定位的目標是只有內行人才知道的魔女，但自從一次商品大熱賣後，方向轉變成積極思考如何才能暢銷了呢……

「對了，還有小孩子專用的『孩童曼德拉草錠』，要不要來一瓶？」

艾諾迅速拿出其他商品讓我看，不要一直推銷啦。

「現在購買就變成累贅，還是算了。」

之後艾諾也向我的家人打招呼。兩個女兒也確實向她打招呼，很好。

不過哈爾卡拉的表情，像是看到麻煩的敵人一樣。

似乎特別警戒她呢……

「哈爾卡拉，妳怎麼了？」

「總覺得，她可能會在這裡與我對峙呢……這是生意人的直覺……」

結果她的直覺成真。

這次艾諾拿出一瓶裝了液體的瓶子。裡頭是淺黃色液體。

「今天還帶了新商品，『森林飲』喔！滋養強壯就喝『森林飲』！內含多種草藥與蘑菇成分！一天一杯，以水稀釋喝上一杯！讓你從體內健康的『森林飲』喔！」

哈爾卡拉頓時臉色發青。

「各位，最近H製藥公司在販售『E養酒』這種東西，但那種疲勞時為了打起精神而喝的東西，對身體不好喔！只是讓人暫時忘記疲勞，並不會恢復！不過『森林飲』會一點一點，逐漸提高身體的免疫力，提升狀態本身。考慮健康的話就該喝『森林飲』！」

這個啊，就是……營養飲料VS為了每日健康而攝取的飲料對決……

「等一下，等一下，等一下！不要黑我們公司的商品好不好！」

哈爾卡拉立刻衝了出去！

「我又沒有提到哈爾卡拉製藥的『營養酒』。」

「幾乎指名道姓了好不好！更何況『營養酒』根本沒有任何有害身體的成分！不要用這種對健康不好的形容詞行不行！」

「欸～問題是常常喝的話，可能刺激太強烈了喔。」

「那是針對關鍵時刻要加把勁的人！用途明明不一樣，否定價值不是很奇怪嗎！」

「妳是哈爾卡拉小姐吧，我實在無法苟同妳這種打拚人來一杯的想法。加了對身

© Benio

體如此急遽見效的成分，對身體很不好吧！怎麼可以喝了之後再拚一下呢！」

「洞窟魔女妳才有問題吧，既然天天要喝這種東西，乾脆每日三餐注重營養均衡比較健康吧！讓人以為喝了就安啦的宣傳口號，才像詐欺不是嗎？」

哇咧，看來會演變成出乎意料的激烈競爭喔……

不過周圍的魔族都在鼓譟「繼續吵喔～！」居然完全當餘興節目!?

法露法也喊「哈爾卡拉姊姊，加油～！」幫忙打氣。法露法，她們現在的舉動可不需要加油耶……

這時候，兩名牛頭人警衛前來。兩人的表情都很嚇人，而且看起來很能打。

「不好意思，聽說這裡發生了爭執。」

結果換艾諾與哈爾卡拉兩人都面色鐵青。

「呃，什麼事情呢……？攤位正常營業喔……」

「我也不太清楚呢……我只是普通的精靈觀光客……」

靠著裝傻好不容易蒙混過關……

哈爾卡拉幾乎是落荒而逃地離開現場。不如說，實際上可能真的是嚇跑。

如果置之不理，她可能又會迷路，所以我們也跟過去。

「傷腦筋呢……哈爾卡拉製藥居然出現那樣的競爭對手……」

「好像變得很麻煩了呢。」

「既然這樣的話，只能在近期進一步推出使用珍貴生藥的『真・營養酒』、『復活營養酒』、『營養力量提升酒』等商品，靠種類輾壓了……」

話說回來，在日本販售的營養飲料為什麼也會有這麼多種呢……連價格都大異其趣，我一直覺得真的有差這麼多嗎？

不論在任何世界，似乎都會面臨相同的命運。

一邊聊天，我們接著尋找朋德莉的店。

「話說亞梓莎大人，那位叫朋德莉的是什麼樣的人呢？」

萊卡問我。大家都沒有見過她吧。

「一言以蔽之就是廢人玩家，不對，是死人玩家。一直不停玩遊戲的貓獸人不死族。」

「看來她以前過著相當怠惰的生活呢，實在無法苟同。」

可能的確與萊卡的價值觀無法相容。

「噢，這種無所事事的人啊，藍龍聚落裡有不少呢。像是大白天就開始喝酒，喝到隔天早上的龍看得多了。龍大叔經常呈大字形躺在路上呼呼大睡呢。」

只要見過藍龍聚落，就知道這麼說絕不誇張。

可是，這與玩家的類別好像差很多。

雖然兩者的共通之處，就是幾乎不工作……

「不死族嗎？不知道與幽靈相比，哪一種生活方式比較好呢？」

出現了羅莎莉很難回答的問題。

就算撇開生存方式這種形容詞也很難。

「羅莎莉妳自己決定吧。我們畢竟不是幽靈也不是不死族……」

隨著逐漸遠離城下町，人潮終於跟著減少。

由於不會再有走散的危險，騎肩膀也到此為止。

「這條巷子筆直走進去就是了吧。呼，看來總算快到了。」

因為這裡的城下町相當寬廣呢。

位置雖然偏僻，但以店鋪而言還算寬廣，可能是聚會場的遺址之類。

一推開門，就發現許多魔族兩人一組，表情認真地在無數排列的桌子兩側面對面。

稍微看一下正好在一旁的哥布林與狗頭人在玩什麼吧。

「召喚【復仇的半人馬】！」（哥布林）

「那麼我召喚【大海蛇的王者】！再以【水之羽衣】強化！之後【黑暗守護聖人】發動能力使其無法被阻擋後宣告攻擊！」（狗頭人）

在玩卡牌遊戲耶！

看來每一張桌子都在進行相同的卡牌遊戲。

「這是，什麼……？」

後方，朋德莉坐在似乎是營運總部的座位上。

「好久不見了，妳似乎有認真工作呢。」

「啊，亞梓莎小姐！之前受您許多的照顧呢！」

朋德莉的貓尾巴左右搖動，看來已經適應了這片土地。

「上次之後，我覺得只是單純玩遊戲也沒意思，所以運用以前玩遊戲的知識，將『自己想出的最強卡牌遊戲』推出商品喔。將點子拿給城邑的企業談過後，順利獲得採用了呢。」

「魔族在這方面，真的有夠進步呢……」

「而採用的商品，就是目前大家在玩的『決鬥・絕鬥』卡牌遊戲。」

然後朋德莉拿出疑似商品的盒子與袋子。

「這是裝了六十張卡牌的基本盒，袋子裡則是裝了十五張卡牌的補充包。」

我經常懷疑，這個世界的居民是不是在地球住過。

「目前競技玩家也愈來愈多。我也得決定下一次補充包的卡牌設定，所以忙得不得了。因為必須窩在房間裡，反覆確認遊戲的平衡性才行呢。」

窩在房間雖然與以前一樣，但朋德莉卻十分樂在其中，眼神也相當有光彩。甚至連神色看起來都比以前好多了。

啊，原來還有這種密技啊。

世界上有工作能讓家裡蹲傾向的人大顯身手。

「恭喜妳。朋德莉，妳變得很出色呢。」

「有嗎？我只是提議自己覺得有趣的遊戲，並且製作而已，與住在墳場時做的事情一樣喔？」

朋德莉本人似乎沒有自覺。

說不定正因為朋德莉一直當尼特族，才學會了這種資質吧。這麼一來，當尼特族可能也有其意義。就像讓肉熟成一樣。

看到這幅光景的萊卡，也感觸良多地發表感想「真是美好的光景呢」。

「夏露夏，也想玩玩看，這款遊戲。有點感興趣。」

好，只要夏露夏拿出本事，一下子就能成為冠軍喔（溺愛女兒）。

上次遇見朋德莉後，我買了幾項能和女兒一起玩的遊戲，兩人對其中的卡牌遊戲特別著迷。所以當然會在意新的卡牌遊戲。

「這樣的話，要不要送妳們一些卡牌呢？」

「沒關係，我們會掏錢買。」

然後我買了夏露夏用的卡牌與規則書。這種遊戲一旦深入，可得花上相當驚人的金額，但這屬於智育所以沒問題！

正好，有一桌分出了勝負，贏的人將比賽結果拿到總部來。

機會難得，就在總部後方觀摩吧。

「哦，巴倫達先生五連勝，凱卡先生也是五連勝，看來會由五連勝的雙方進行冠軍決定戰呢。」

聽到這番話的選手，也跟著熱絡地討論。

「果然與賽前預測一樣，靠巴倫達先生的快攻套牌吧？」「不，凱卡小弟的好心情中央幼龍很強喔。不如說就是以快攻為假想敵呢。」「第二場以後的變更卡牌也有可能成為關鍵喔。」

有人玩得相當深入耶，以卡牌遊戲的首發而言應該相當不錯。

「各位，機會難得，第六輪比賽只有冠軍決定戰，我想先行舉辦方便別人觀摩，應該沒有異議吧？」

各處都對朋德莉的好主意拍手鼓掌。

哦，連即興表演也相當優秀嘛！

看來我們也能觀賞冠軍決定戰呢。

冠軍決定戰將在中央最容易觀戰的桌位進行。

巴倫達先生是魁梧的半獸人大叔。

另一方面凱卡小弟是戴著帽子的迷你惡魔，外表還像是少年。

「少年，讓你接受成人的洗禮吧。」

「我還是小孩，所以能夠投入夠多的時間。我會完封的喔。」

「知道這張桌子代表什麼意義吧？」

「那還用說，不然為什麼要使用這塊決鬥區啊。」

哦，在對戰前就火花四濺呢！好厲害！——結果是有類似火炎妖精的觀眾，真的到處飛濺火花而已。很危險的拜託注意一點！

就這樣，半獸人與迷你惡魔的比賽開始。

「欸，朋德莉，我不明白遊戲的規則，所以解說一下吧。」

「好，我知道了。」

只見她的尾巴左晃右晃，讓我有點想握住，不過握住多半會被她罵。

「首先，卡牌大致上分為能量牌與魔法牌。使用魔法牌則需要能量牌。序盤會依序打出能量牌，所以容易變得乏味，不過快攻套牌會從序盤就展開攻擊喔。」

原來如此。

「召喚【閃電元素】！這張牌從登場回合就能宣告攻擊，所以攻擊！」

哦，半獸人突然召喚了什麼並發動攻擊。

來不及防禦的迷你惡魔遭受傷害。

結果，迷你惡魔本尊居然發出「啊哇哇哇哇！」被電得麻痺！

「欸，這是什麼設計啊？」

「這張決鬥區的桌位只要因卡牌受到傷害，就會連鎖到本人身上。地板上畫著這種特製魔法陣。」

「比想像中還危險呢。」

應該有仔細考慮到安全對策吧……

「附帶一提，傷害效果經常讓衣服破裂，因此女性卡牌玩家一來，男性玩家就會特別亢奮喔。」

「別硬加上情色要素好不好！」

序盤由半獸人方接二連三召喚出類似魔物的卡牌不斷攻擊。

另一方面，迷你惡魔以城壁之類加強防禦。

可是半獸人依然以我看不太懂的規則突破防壁，對迷你惡魔造成傷害。

「呀啊啊！嗚！」

火炎與雷電準確地從迷你惡魔本人正下方產生，造成不小的傷害。某種意義上，該說很有魔族風格嗎，真是殘酷的遊戲呢……

「哎呀，不太對勁呢……師傅大人，不覺得有蹊蹺嗎？」

哈爾卡拉似乎發現了什麼。

「那個迷你惡魔男生，胸前是不是隆起啊？」

這時候，半獸人正好即將發動攻擊魔法給予最後一擊。

「看來是我獲勝了呢，少年。發動攻勢太慢，也是伴隨風險的啊。」

「呵。很可惜，你沒辦法使用那張牌。」

迷你惡魔凱卡小弟咧嘴一笑。

難道現在會有什麼大逆轉的發展嗎!?這樣連我也熱血沸騰啦！

只見凱卡小弟遮住胸口，脫下帽子。

頓時出現長度及肩的秀髮。

「其實我不是少年，而是少女。如果你使用那張攻擊魔法，我的衣服就會完全破裂。」

原來不是凱卡小弟，而是凱卡妹妹！

「可惡！真是卑鄙！卡牌遊戲是紳士的運動！再攻擊下去會被誤會我為了看女性的裸體才這麼做的！」

變成半獸人在苦惱。

「沒錯！換句話說，你沒辦法對我使出最後一擊！」
凱卡妹妹得意洋洋地表示，可是這在規則上難道沒有問題嗎!?
「噢噢！真是火熱的發展啊！」「比到這一刻，居然出現真身是女孩的設定！」
「進入極限心理戰啦！」
觀眾都可以接受。這樣真的好嗎？各種部分真的沒問題嗎？這已經和卡牌遊戲的實力無關了吧？
「哎呀~真是不負決賽的精采戰況呢~」
朋德莉非常滿足。連主辦者都說ＯＫ啊。難道是我有問題嗎……
「亞梓莎小姐，卡牌遊戲可不只在桌面上進行喔。動搖對手心理的攻擊也是正式的戰術。」
「雖然妳說得好像很了不起，但我不想承認。」
「以前的大賽上，也發生過在建築物縱火逼對手逃跑，放棄比賽的案例耶。」
「用卡牌戰鬥行不行。」
「附帶一提，後來那個人觸犯縱火罪遭到了逮捕。」
換來勝利而失去的事物也太大了。
「提到以卡牌對戰，還有玩家將卡牌當成飛鏢投擲，刺中對手的手臂呢。」
「別拿卡牌當作物理性用途！」

魔族的卡牌遊戲也太黑暗了吧。

另一方面，決鬥區則持續上演神祕的攻防戰。

「呵呵，抽牌的時候手一鬆開，胸部可能就會露出來呢。」

「別這樣！特地讓妳的衣服破損適中，別反過來引誘別人看！」

「來啊，看你要使用攻擊魔法，被當成變態呢？還是就這樣坐著，等我召喚【自我感覺良好卻不行動的幼龍】呢～？」

難道這算是凱卡妹妹的作戰勝利嗎？不過外表看似小學五年級，卻以這種方式勝利，我覺得不太好吧。

可是，眼看局勢一點一點扭轉之際，半獸人似乎抽到了什麼牌。

這一瞬間，半獸人的表情改變。

「看來這場勝負，神對我微笑了呢。」

「這、這不可能吧……怎麼可能不造成傷害就擊敗我……」

「不過，我有這種魔法！我要發動【來自異界的召喚】！對會場中的一項物品使用！」

卡牌居然還可以這樣啊。

然後半獸人緩緩離開座位，硬扯下窗邊的窗簾。

再將窗簾丟向凱卡妹妹。

「呀！什麼都看不見了！」

「只要讓妳不再裸露，我要怎麼攻擊都可以！現在發動【無計可施的煉獄】！對妳造成兩千點傷害！」

從窗簾中傳來「呀～！嗚哇～！」的聲音，隨後裡頭的凱卡妹妹跟著摔倒。朋德莉跟著快步來到比賽區，

「冠軍是巴倫達先生！」

宣布結果。

會場內響起的歡呼聲中，我們全家人都一臉茫然。

這與我想像中的卡牌遊戲不一樣……

「好的，那麼贈送冠軍巴倫達先生這次的限定卡牌，【高原魔女亞梓莎】喔。」

居然交給對方有侵害我肖像權嫌疑的卡牌！

而且卡牌上的插圖，還露出了一點點內褲！

我拍了拍夏露夏的肩膀。

「這款卡牌遊戲對教育有不良影響，所以不能玩。」

即使夏露夏露出有些惋惜的態度，還是點了點頭。

◇

順利與朋德莉重逢後，我們回到自己住宿的房間。

過了一段時間後，庫庫也結束練習進入房間。

「能盡的努力都盡了……等待明天的到來……」

見到庫庫燦爛的表情，應該沒什麼好擔心的。

「畢竟人類也會有不得不戰鬥的時刻呢，好好努力喔。」

「啊，另外這是相關人士座位的入場券，大家都有份。」

視為家人而幫我們準備的嗎？魔族在這方面還真機靈呢。

不過，庫庫其實不算家人。

已經編寫了許多新曲，將會再度回到王都展開活動。

所以，這場音樂祭也是我們與庫庫的道別紀念活動。

要說不難過當然不可能，可是這也沒辦法。

我確實以雙手接過入場券。

「嗯，以庫庫的歌聲讓魔族們感動得嚎啕大哭吧！」

當天考慮到隔天庫庫要表演，我們提早一會兒就寢。不愧是客人專用，床鋪特別大。因為有體型相當大的魔族，才設計成讓這些人也能睡吧。

忽然，感覺到有人站在我的枕邊，我醒了過來。

原來是庫庫。

「這個……實在感到很不安……今天晚上能睡在同一張床上嗎……？」

我面露微笑，略為往一旁滑動。

「請吧，必須做好萬全的準備才行呢。」

庫庫邊調整兔耳的位置，邊就寢的模樣頗有趣的。

芙拉托緹

藍龍女孩，服從於亞梓莎。與紅龍萊卡同樣身為龍族，因此在各方面不停較勁，其實本性是樂天又開朗的女孩。與萊卡不一樣，變成人型時依然保留尾巴。

我才不想與紅龍混熟呢！

我會一直跟隨大姊妳的！

羅莎莉

居住在高原之家的幽靈少女。拜服於不避諱身為幽靈的自己，更伸出援手幫助的亞梓莎。雖然能穿牆卻碰不到人，還可以附身在別人身上。

佩克菈（普羅瓦托・佩克菈・埃莉耶思）

魔族國度之王。最喜歡利用權勢與影響力折騰亞梓莎與身邊的部下，是具備小惡魔個性的女孩。其實還兼具「想順從比自己強的對象」這種M的一面，目前對亞梓莎服服貼貼。

氣氛酷酷的魔女姊姊大人，最棒了呢。

享受魔族的舞臺表演

然後，到了音樂祭第二天。

庫庫獨自一人先前往會場，其他家人則慢慢朝墳場舞臺移動。

遞過入場券進入會場後，的確見到會場在視野清楚的部分設置了座椅（其實是當成座椅的墓碑）。似乎是示意在這裡觀賞。多半會遭天譴，但反正是魔族所以無所謂。

歌手的演奏已經開始，魔族粉絲在臺下加油。

過了一段時間後，利維坦姊妹法托菈與瓦妮雅、武史萊小姐以及別西卜都來了。

「小女子的座位是這裡吧？」

話說我旁邊的座位空著，原來是別西卜的座位啊。

「工作終於告一段落啦。被迫在品種改良培育的美味蔬菜、罕見蔬菜溫室內忙了好一陣子哪。」

別西卜拿起扇子不停搧風。啊，這工作的確很符合農業大臣。

She continued destroy slime for 300 years

「庫庫在魔族之間沒有知名度呢，這一點連我都擔心……」

就算座無虛席，在客場表演果然很辛苦吧，希望不會造成一輩子的心理創傷……唯有這一點直到表演結束前都無法完全放心。

「傻了啊。觀眾都有認知，能登上音樂祭這種大舞臺的，只有實力受到認同的人而已。妳就仔細洗耳傾聽吧。」

現在只能相信別西卜的話。

「還有，小女子只是提供機會。能不能抓住這個機會，最後還是掌握在她手上。面對大量觀眾究竟會留下好結果，還是失敗收場，都要看她的表現。」

「好像趕鴨子上架，不過確實是這樣。」

我們能做的只有在臺下注視而已。

法露法與萊卡自然而然地雙手握緊祈禱。

另一方面，芙拉托緹一邊喝著飲料，放鬆地等待。

不，看在眼裡，可能並非如此。

「如果太接近吟遊詩人，產生感情可不是好事。連吟遊詩人的人生都要背負的話，是當不了硬核粉絲的。」

聽起來像是痛徹了解的人才會說的話。可能就是這樣吧。

眼看距離庫庫上臺表演愈來愈近。
在庫庫之前表演的，是看似歌劇歌手的胖巨魔。實際上，真的唱出了堪比歌劇歌手的聲音。
然後，終於輪到庫庫。
司儀介紹「庫庫小姐是最近大幅變更表演類別，值得期待的新人菈米娜族」。雖然以藝人資歷不算新人，但這是轉換成目前方向後的首次登臺。
「我實在無法靜下來，所以要飄在空中看！」
羅莎莉離開座位，往上飄起。
庫庫終於從舞臺側邊現身。
詩琴上繫了帶子，掛在庫庫的肩上。完全是彈唱的風格。
「我是庫庫。第一首曲子為各位帶來『感謝有你』。」
然後詩琴開始響起帶有幾分悲傷，卻十分溫柔的曲調。
「雖然～到了必須說再見的時刻，但是這樣好難過～所以我會這麼說，感謝有你～♪」
之前庫庫在家裡練習的時候，沒聽過這首曲子。

不過一聽到歌詞，我立刻明白。

這是針對我們而唱的歌。

「我並非就此消失無蹤，而是搬家展開新生活～彼此在不同的地點，但是在相同的時間努力活出人生。或許活著難免會忘記一些事情，但是正因為活著才能回想起來。所以心血來潮時都可以來探望～♪感謝有你，感謝有你，感謝有你♪」

唱完第一首曲子的時候，我從座位站起身，流著眼淚鼓掌。

「庫庫，唱得真好！」

兩個女兒也跟著站起來。不只是我們，許多魔族觀眾也站起來鼓掌。

其中，芙拉托緹依然坐著，以手摀住眼睛靜靜地落淚。

看起來就像師傅見到徒弟成材的那一刻。

不只是灰暗而已，而是確實地，撼動內心的最棒歌曲。

結果庫庫唱了十七首曲子，一度離開舞臺後，即使後續活動已經延遲，依然被熱烈的安可聲喚回臺上，再唱了三首曲子才結束表演。

「來，這是新的手帕。還有很多條，傳到後面去吧。」

別西卜交到我手上的手帕的確有很多條。

話說回來，我們所有人都哭得淚流滿面呢。

◇

當天晚上，與庫庫重逢的我們緊緊擁抱在一起。

「做得好呀！表演得好精采！歡呼聲很盛大喔！」

「非常感謝各位！原來我也能唱得這麼好……」

庫庫也一邊哭一邊笑。

「這一切都多虧各位。真的，不知道該怎麼道謝才好……」

「咦～？這時候該說的當然是那句話啦。」

我回想庫庫的舞臺表演同時表示。

「感謝有妳，不是嗎？」

回過神來的庫庫一邊說著「真的很感謝！」再度主動擁抱，我則輕輕撫摸兔耳後方。

當天在別西卜的盛情之下，準備了城堡的一間房間慶功。

各式菜餚不斷端進房間內，宴會十分盛大。

庫庫的表情也開朗許多，工作順利結束後是理所當然的。

「劇場相關等人士看了今天的表演後，節目通告馬上蜂擁而至哪。庫庫，這是大致上記下來的清單。」

魔族語我到現在還看不太懂，但隱約可知接到了大量工作。

「這些工作量……足以在城下町生活了吧……？」

看到這份清單，庫庫目瞪口呆。

因為之前幾乎沒有接過任何通告吧。

「或許吧。反正妳之前居住的應該是人類的王都，暫時先嘗試在王都是否也吃得開，同時調整工作量就可以了。可以借妳飛龍往返兩地，這樣應該也可以兼顧。」

「太好了，庫庫。一口氣成為人氣明星了呢！確實受到魔族歡迎囉！」

尚未湧現實際感受的庫庫，似乎還無法坦率地開心。

畢竟發生了堪稱劇變的變化，也不能怪她。

隨後宴會繼續進行。在始終和睦的氣氛下，哈爾卡拉已經醉得不省人事，法露法與夏露夏似乎也累得睡著了。

起先還嘲笑哈爾卡拉酩酊大醉的瓦妮雅，自己也在十五分鐘後不勝酒力。

姊姊法托菈不耐煩地表示「一點學習能力都沒有……」

其中芙拉托緹幾乎沒有喝酒，可是卻也沒有與庫庫交談。

由於我在意所有家人，當然看得出來。
不過卻不知道怎麼主動開口，只能在一旁靜觀其變。
這次，芙拉托緹可能在心中有和其他家人不一樣的糾葛。
否則理論上，應該表現出更加開心，或是依依不捨其中一種反應。
然後，到了宴會即將結束的時候——
芙拉托緹向庫庫，
「可以借一下詩琴嗎？」
開口詢問。
「來，請用。」
雖然是重要的吃飯傢伙，庫庫依然同意。況且芙拉托緹的表情一直老實得出奇，
看來也不會乘著酒意亂來。
萊卡詢問「要唱離別的曲子嗎？」
同樣身為龍族，萊卡可能關心芙拉托緹吧。
芙拉托緹卻表示「不太一樣」，然後站在庫庫面前。
「送妳一首歌。雖然不是什麼好歌。」
然後以詩琴開始彈奏的曲子是——

「唔噢噢噢噢噢噢噢，破滅，破滅，破滅！唔噢噢噢噢噢噢噢噢，處刑，處刑，處刑～♪」

這是原本絲琪法諾雅的曲子！

可是由芙拉托緹演唱，卻比絲琪法諾雅唱得更好，聽起來更有味道。雖然我覺得好像怪怪的。

庫庫似乎也目瞪口呆，完全籠罩在這波熱唱之中。

「絲琪法諾雅！妳以絲琪法諾雅的身分唱了好久好久。沒錯，唱那種歌是不受歡迎，但畢竟是妳相信正確並且一路走來的選擇，想回到那條路就回去吧。絕對別想什麼永遠封印這種蠢事喔！妳沒有聰明到能配合世間的流行風潮！有那麼聰明的話早就出名了！」

芙拉托緹的大嗓門響徹房間。

「我芙拉托緹何嘗不是一直犯錯，犯錯，犯了一堆錯，現在才會好端端在這裡。世界上根本沒有什麼正確答案，但只要不停下腳步，也就沒有徹底的失敗！所以唱妳喜歡的歌吧！這才是妳的人生！」

然後，芙拉托緹將詩琴遞給庫庫。

庫庫接過詩琴，緊緊抱在懷裡。

© Benio

「果然是師傅與徒弟呢。」

我輕聲脫口而出，一旁的萊卡與別西卜都點頭同意。

「正因為師傅以前犯過錯，才有話能傳達給徒弟呢。」

萊卡也露出清爽的笑容注視兩人。

芙拉托緹也完全成長了。人啊，透過遇見各式各樣的對象，會漸漸改變呢。

「而妳也以自己的方式，幫她營造了這樣的場所，所以值得自豪哪。如果少了妳，也不會發生這樣的反應啊。」

如此表示，同時別西卜將酒斟入我的酒杯中。

「這種酒很烈，拜託別斟這麼多……」

「明天音樂祭，魔王大人的舞臺在晚上，沒問題。」

啊，還得以國賓的身分出席佩克菈登場的表演呢。

「她要表演什麼？該不會是高舉點燃的火把？還是發表閉幕謝詞之類？」

別西卜一臉苦笑，吞吞吐吐地表示「看了就知道……」

看來還有什麼蹊蹺呢……那個魔王怎麼可能不搞怪呢……

◇

隔天，萊卡似乎早早起床，與武史萊小姐一起訓練。一大早這麼有精神啊……

法露法與夏露夏也分別去圖書館，說是去看書。兩人在用餐途中都睡著了，可能是早起的關係。

其他家人除了原本就是幽靈、不需要睡覺的羅莎莉以外，全都睡到日上三竿。我也是一樣。

「終於醒了嗎，大姊。」

眼睛一睜開就見到羅莎莉在眼前，嚇了我一跳。

「羅莎莉，早點叫醒我不就好了嗎……」

「剛才叫過啦，結果大姊說『今天要睡到自己起來為止，宴會喝了酒頭好痛……』而我會遵守大姊的所有吩咐。」

唔～難得喝了太多酒所致……

確認一下其他家人後，發現哈爾卡拉可能在換衣服途中睡著，完全露出內褲呼呼大睡。

芙拉托緹根本從床上滾到地上。

唯有庫庫完全面朝上睡死。由於必須以不會捲進兔耳的姿勢睡覺，好像幾乎無法翻身。

我跟著叫醒其他人，簡單吃了點早餐當午餐。

用餐時庫庫與芙拉托緹聊得十分起勁。

真的就像師徒關係呢。

「要記住，不可以太重視老粉絲。如果營造出只有老粉絲會感到舒服的空間，會導致新人進不來而衰退。所謂粉絲，畢業的時候不會特地報告畢業的原因，會低調地畢業。」

畢業似乎是指放棄當粉絲的意思。

「如果從初期就有大量粉絲，其實還能撐一段時間，卻會每下愈況。最後落得只在停止活動前，在往年的大空間舉辦演唱會的下場。所以需要隨時吸收新粉絲，設法活絡樂團的意識。」

「很有參考價值呢。的確有許多吟遊詩人樂團，在短短四、五年就停止活動了。」

照這樣看來，不論庫庫在哪裡，兩人的關係都會持續下去吧。

那麼，最後一天的魔王佩克菈儀式又如何呢。

「這次因為受邀參加音樂祭，讓庫庫小姐也有大顯身手的場合。佩克菈小姐與別西卜小姐真是好人呢。」

雖然萊卡開心地表示，但我覺得沒這麼天真。

「佩克菈究竟會做出什麼，我是既期待又充滿不安。不安的部分比較多。這次完全沒來找我，多半另有隱情呢……」

我的不好預感經常命中，況且體質也容易捲入麻煩。

「似乎是重要的行事，身為魔王肯定有許多事情要做吧。」

萊卡，妳可能太過相信他人了。雖然這也是妳的優點。

◇

事到如今，過度警戒也沒什麼意義，於是我們前往會場的大競技場。

說是前往，其實是在法托菈與瓦妮雅兩人帶領之下。

「魔王大人嚴命，一定要讓亞梓莎小姐坐在最好的座位觀賞。」

「哎呀～魔王大人似乎練習了相當久呢～」

就這樣在敦促下乘坐馬車，這幾乎等於護送了呢……

「她到底想做什麼啊……？」

我詢問同樣坐在馬車內的兩人。

「做為魔族的慣例，魔王大人將舉行與音樂妖精締結契約的儀式。」

「締結契約的方式本身自由度很高，不過目前魔王大人的想法，是以取悅音樂妖精做為契約的代價喔～」

好像聽得懂，又好像聽不懂……

競技場超級巨大，似乎足以容納五萬人。而且座無虛席，相當盛況空前。進不了會場的市民甚至聚集在外頭。

場內的我們在帶領下坐在招待席上。

究竟要舉行什麼表演啊……？

至少不是進行儀式性質的活動就結束吧……

沒多久，夜幕低垂，黑夜逐漸深沉的時分──

燈光頓時照亮特設舞臺。

出現在臺上的，是穿著比平時華麗又輕飄飄洋裝的魔王佩克菈。

「魔王大人！」「魔王大人！」「魔王大人！」「魔王大人萬歲！」

會場內響起盛大的歡呼。耳朵快要震聾啦！

「是的～！我是魔王喔～！各位，音樂祭開心嗎～？我即將表演最後的壓軸喔～！」

佩克菈朝擴散聲音的魔法道具──等於事實上的麥克風呼喊。

然後唱出歌聲。

「以黑～暗～籠罩整個世界～大家合而為一吧～♪」

怎麼像是絲琪法諾雅風格的可怕歌詞啊！

不過聲音聽起來甜美，有一點童話感覺！

對於佩克菈的歌聲，會場內響起聲音粗厚的合唱。

還有能發出火炎的魔族整齊劃一產生火炎，點綴會場。

「這該不會是……偶像!?」

「黑暗喔～黑暗喔～全年無休喔～♪在沒有光芒的地方也有黑暗喔～♪」

佩克菈伴隨不祥的歌詞跳舞。舞步倒是十分精湛。

回過神來，連原本坐在附近的瓦妮雅似乎也捧著一大束花揮舞。粉絲喔！

我詢問面無表情在一旁注視的法托菈。

「欸，這究竟是怎麼回事啊……？」

「魔王大人思考該怎麼做才能有效團結國民精神，最後才演變成這種形式。如此一來，對過時儀式之類不感興趣、提不起勁的年輕人也能狂熱參與喔。」

「聽妳這麼一說，好像是不錯的方法。」

「此外，上屆音樂祭總共有八組，表演這樣的節目長達五小時。」

「也太久了吧！還有，原來會表演這麼多節目啊……」

芙拉托緹再度露出堪比評論家的表情認真觀賞，而且甚至還在寫些筆記。

「原來如此，表演系當中的偶像系，還是其中的正統派啊。」

偶像系，的確是地球上的偶像呢。

之後魔王佩克菈的舞臺繼續表演。

「魔族的力量可以自由續杯～♪」

「將骷髏標記也變成愛心標記吧～♪」

「唱歌唱到喉嚨流血為止～♪」

「是大大的黑暗，大大的愛喔～♪」

歌詞的概念倒是十分統一，不過整體的勁爆詞彙很多。

況且佩克菈的外表本來就堪比偶像，歌喉與舞姿都相當優秀，偶像程度超乎想像。

法露法跟著唱**「可以自由續杯～♪」**而夏露夏略為慢半拍唱出**「自、自由♪」**。

似乎也很受小孩子的歡迎呢。

「那麼，我在此先暫時退場。接下來是邦．叭叭叭礦山的礦山技師組成的打擊樂團『光挖銀礦隊』的表演喔～！」

接著出現幾名似乎是獨眼巨人的團員，敲鑼打鼓。

期間有不少人跑去上廁所，原來這種過場會讓人跑去上廁所啊。雖然我對打擊樂器也沒什麼興趣，卻覺得他們真可憐。

之後同樣有打扮成偶像的各式魔族登臺，熱情高唱。

「這是魔王大人以宴會才藝延伸的點子為基礎，叫部下表演節目。」

法托菈乾脆地狠狠破哏。

「起先以為是魔王大人故意整人，不過自己跟著嘗試後，發現出乎意料地著迷，活動的規模才會逐漸升級。」

一臉頭痛表情的法托菈表示。

「上頭依照一時興起行動，底下人就有苦頭吃了。我明白，我明白……」

「似乎還打算在人類王國舉辦公演，計畫吸收粉絲呢。」

人類應該也想像不到，會以這種形式與魔族接觸吧……

基本上是偶像系的活動，但偶爾會混入奇怪的餘興節目。

武史萊小姐演練與類似凶暴生物的對手戰鬥。這個啊，就像羅馬帝國讓角鬥士與野獸對戰的節目吧……

「這就是武史萊流的史萊姆拳法！任何魔族都能變強喔！想報名參加的人請聯絡武史萊！另外也期待工作方面的委託喔！」

真是想盡辦法做生意呢，她還是一樣嗜錢如命……

這時候，我察覺到一件事。

不過也有可能是時間的問題。

「別西卜不在座位上呢。」

瓦妮雅一臉偷笑。

「為什麼呢～怎麼會不在座位上呢～」

拜託，這已經等於講出答案了吧。

「別西卜大人原本嘗試堅決抵抗，但是魔王大人的魄力太強，最後還是屈服了。」

法托菈話剛說完，佩克菈再度登臺。

果然佩克菈似乎最受歡迎。或許畢竟是魔王，也純粹是素質最高的。

「我是魔王喔～！接下來要表演兩人節目！來，上臺吧～」

一臉難為情的同時，別西卜身穿華麗偶像系的服裝登場。

平時的服裝也不能說毫無偶像要素，但比較像地下偶像。

「這、這身服裝是從農政活性化方案的預算撥款的……所以是合理支出……」

「沒錯～！會計檢查局也審核通過了喔～！」

真虧國民能接受呢。

「雖然別西卜小姐很害羞，不過我看得出來喔～其實她早就想扮演這種偶像的角色了。我早就知道啦～！」

「沒、沒這回事……！」

面紅耳赤的別西卜否定。

「可是以前有興高采烈擔任服務生的紀錄喔？」

「為、為什麼會知道！」

噢，她曾經在『魔女之家』咖啡廳大顯身手吧……連人物形象與口氣都改變……

「現在當著魔族面前會在意，但如果沒有農業大臣的身分，就沒問題了吧？對吧？對吧？」

根本算是霸凌了……這魔王的個性果然很難纏……

「知、知道了！乾脆豁出去吧！各位～！小女子是別西卜喔～！喜歡的食物是超辣料理！今天和大家一起盡情放鬆吧～！敬請各位支持～！」

我事不關己地心想，人在職場真是身不由己啊。

「啊，這樣的話，人物形象就消失了喔。希望妳能認真拿出平時高高在上的口氣。」

結果魔王嚴格地打了回票。

「是、是這樣的嗎，魔王大人？」

「擺出瞧不起所有粉絲的態度吧！來，一如往常囉！」

然後別西卜深呼吸了一口氣。

「哼哈哈哈！讓你們聽聽高等魔族別西卜大人的美聲吧！儘管落淚傾聽吧！唱歌的途中誰敢打哈欠就處死刑！」

「做得很好～！那麼就從第一首歌開始唱吧～！『三角關係暗黑魔法陣』喔！」

兩人接下來的種種表演在我看來十分耀眼。

更利用飛行能力，飛在空中同時展現各種特技舞姿。

「如果召喚，與妳一模一樣的存在～♪」（別西卜）

「那就沒有必要妳死我活囉～♪」（佩克菈）

「不過，正因為本尊比較有價值♪」（別西卜）

「所以還是互相廝殺吧～♪」（佩克菈）

歌詞聽起來很血腥，不過就算了吧。

好像連觀眾的加油聲都比以前盛大。

「農業大臣快工作啦～！」「小心彈劾妳喔～！」「簡直比農業工作還認真耶～！」

甚至傳來了有愛的噓聲（？）。看來別西卜也受民眾愛戴呢。

不過，有一點讓人稍微不安。

那就是庫庫雙眼閃爍，盯著舞臺上的節目。

「原來還有這種表演啊……」

「庫庫？可以不用加這種要素喔？只要以前彈奏詩琴的表演就可以了喔？真的，真的喔！」

顯然從第二首歌開始，連別西卜都特別來勁。佩克菈剛才說她其實很喜歡這樣，或許不見得是單純八卦。

徹底暖場後，別西卜與佩克菈跟著離場。

還有一場佩克菈的獨唱，我也感到接近尾聲了。

接下來應該是今天登臺過的全體演員，齊唱類似魔族國歌的歌曲，讓活動順利畫下句點吧。

實際上，演員不斷聚集至臺上，開始瀰漫謝幕的氣氛。

可是就在這時候，我被法托菈牽起手。瓦妮雅也站了起來。

「不好意思，能不能過來一下呢？」

我有非常不妙的預感，卻無法推辭。

——果不其然，我被帶到瀰漫謝幕氣氛的舞臺上。

感到好奇的魔族們紛紛望向我。

佩克菈迅速舉起我的手。

「向各位宣布。這一位是我的姊姊大人，高原魔女亞梓莎大人！」

會場在佩克菈的介紹下氣氛沸騰。超級沸騰。

雖然部分人的反應是魔王大人有姊姊嗎？但我們之間沒有血緣關係。

天啊……高原魔女的名號，在魔族之間一口氣傳開了……

「那麼，也請姊姊大人唱魔族的國歌吧！」

「被迫成為超級名人了呢……」

於是我與其他魔族一起，唱著連歌詞都不明白的歌。

◇

「今年的音樂祭到此結束，垃圾請帶回家去。」的廣播聲，在會場內響起。

「可以吐槽的地方很多，不過開心更勝一籌呢。」

「您能這麼說真是太好了。」

我暫且向始終維持一板一眼的法托菈說出自己的一句話感想。

「哎呀～今年也鬧得很凶呢～真的超凶的呢～凶到不行呢～」

畢竟瓦妮雅就像無限循環的影片一樣不斷嘀咕這件事，整個人都壞了。

由於我們是國賓，也可以進入慶功宴會場。

應該說，其實也是被法托菈帶來的。總不能一直躲著佩克菈吧。反正我也算表演者，所以有參加慶功宴的權利！畢竟是被迫當表演者呢！

佩克菈來到我的面前，露出得意洋洋的表情。

「怎麼樣呢，姊姊大人。我非常努力喔，還盡可能削減政務時間練習過了呢！」

還是別不識趣地吐槽她不該削減這種時間吧。

「嗯，佩克菈，表演水準確實很高喔。」

帶有慰勞的意思，我摸了摸佩克菈的頭。

看她露出小狗般開心的表情，我也撫摸得有價值。

「呵呵！感謝姊姊大人！」

有這麼一個問題多多的妹妹其實也不壞。

至於別西卜，總覺得有意躲著我，因此我主動去找她。

「妳的歌喉還不錯呢。」

「這、這個，只要小女子出馬，那點程度其實輕而易舉……」

「這身打扮在人類世界等地活動，可能會更受歡迎喔。」

「別說這種話！小女子絕對不要！」
目前還在難為情吧，可能因為規模遠比咖啡廳『魔女之家』大得多。
再三拜託的話或許她會點頭，不過太可憐了，還是作罷。
「欸，既然都誇獎妳了，何不開心一點？」
今天我也略為強勢一點。
況且別西卜似乎也沒堅決反對。
「謝、謝謝妳……的誇獎。」
別過臉去，同時面紅耳赤的別西卜開口。
不太坦率的別西卜也需要一定程度的可愛呢。
但就在這時候，兩個女兒上前表示「很精采喔～！」「真是精湛的演技。」別西卜頓時興致勃勃地表示「這才是小女子的實力哪！」看來態度會因人而一百八十度大轉變呢……
接下來，還有一件重要的事情。
庫庫一臉有事要報告的表情來到我面前。
「亞梓莎小姐，由於接到了不少在城下町的工作，所以我決定留在這裡。大約工作三個星期後，再打算回到王都。」
「嗯，我覺得很好喔。不過，有件事情妳要答應我。」

我將手搭在庫庫的雙肩上。
這讓我再一次實際感受到庫庫真的很嬌小。
由於長耳的關係，我一直覺得庫庫的身軀比實際上更大。
「如果覺得很難受，或是覺得撐不下去了，就回到高原之家吧。絕大多數煩惱即使一個人憋在心裡，也不會解決的。所以隨時都可以回來。因為妳是家人，何時想回來都歡迎。」
「好、好的……」
庫庫哽咽地點頭。
天啊～又發展成落淚的局面了，這可能是我該反省的地方。
「還有，要好好吃飯。別再害自己暈倒了。啊，這樣變成兩件事了呢……」
這次庫庫露出笑容回答「好的！」
其實在高原之家再舉辦一次送別會或許也不錯，但現在還是乾脆地道別比較好。
沒什麼，其實ＯＫ的。我所遇見的奇特夥伴們，都在這個世界的各地過得很好，並且三不五時有交集呢。
這時候法托菈與瓦妮雅慌忙前來。
「咦，怎麼了嗎？」
「不好意思，有幾座劇場向亞梓莎小姐提出節目通告……另外第一件的內容是

『特別節目身為魔王大人的姊姊大人』。其他的通告大致上也相同……」

哇咧！登臺的效果這麼快就發酵了！

「除此之外還有報社的採訪要求！好受歡迎喔！」

「呃，瓦妮雅，我一點也不開心！因為我不想受歡迎！」

看來我在魔族領地的知名度三級跳呢……該不會被當成中頭目之類，從人類領地派遣討伐隊之類前來吧……

希望高原之家不要被當成最可怕最凶惡的地下城……

在異世界製作豆沙包

She continued destroy slime for 300 years

這一天，我特地跑到國境之南尋找草藥。
「師傅大人，究竟吹的是什麼風，讓您跑來這裡一趟呢？」
同行的徒弟哈爾卡拉詢問我。偶爾會差點忘記，但哈爾卡拉終究是徒弟。哈爾卡拉自己都這麼說了，肯定不會錯。
「因為想回歸初衷，做些很魔女的事情啊。最近不僅幫助尼特不死族，還幫助了無法餬口的吟遊詩人，總覺得整體都與本行沒什麼關係……」
不死族朋德，目前在魔族城下町經營卡牌遊戲店；菈米娜族的庫庫最近也改頭換面，以歌手的身分累積實際成績。
兩人似乎都前途似錦，非常好。
不過，這與我是魔女一點關係都沒有。
我終究是高原魔女。
「我能明白喔，能明白。我最近也得開發不輸給洞窟魔女的新商品呢。」

「妳也多了競爭對手，真是辛苦呢……」

洞窟魔女艾諾讓『曼德拉草錠』大受歡迎後，這次還推出了叫做『森林飲』，每天兌水稀釋飲用的商品，與哈爾卡拉的哈爾卡拉製藥變成商業對手。

「既然這樣，就只能尋找成分對健康超級有效的草藥，放手一搏！因此採集範圍也得擴大才行！」

上吧～！哈爾卡拉略為擺出戰鬥的架勢。

即使覺得動機有點不太單純，不過應該無妨。

附帶一提，萊卡跟在我們的後方——不知為何騎著大象。

真的騎在大象身上。

萊卡原本毫無植物知識，感到興致索然，結果在森林裡走著走著，與遇見的大象交了朋友，得到大象同意騎在身上。

「與馬不一樣，滿有趣的呢！」

「咆～嗚波噗波波！」

另外，「咆～」之後是大象的叫聲。怪聲聽起來好像破音。

這座森林似乎也潛伏類似魔物的物種，不過多虧大象跟在後方，似乎都嚇得逃之夭夭，完全不敢出現。這是大象提供的安全保障。

不論出現什麼我都不怕，但對哈爾卡拉而言卻有一定危險。

只是，尋找草藥卻不太順利。主要是哈爾卡拉。
「嗚哇～！蜘蛛好大隻喔！這隻椿象也超級臭！」
甚至感覺她仔細地一一落入森林中的自然陷阱。
在這方面，哈爾卡拉完全不辜負期待。
「真是奇怪……同一條路徑我明明在前面開路，後方的哈爾卡拉卻一直受害……應該是身為精靈的哈爾卡拉應該負責帶路才對吧。」
「啊，還有被咬到後果很嚴重的蛇！拜託不要過來！」
難道要中止尋找草藥嗎……不然哈爾卡拉遲早會受傷。
「為什麼蛇會準確地針對我一個人啊！而且一逃跑，數量反而變多了！追我的蛇怎麼會變成三隻啊！」
她該不會噴了蛇喜歡的香水之類吧……？真是麻煩的體質呢。
由於哈爾卡拉在森林的行進方向偏移，我也跟著追上去。一旦離開視線，她甚至有失蹤的危險。
於是，視野豁然開朗。
眼前是一片漂亮的田園風景。
從積水處長出類似稻子的植物。

好有日本的鄉村感。不，其實我的老家並不是農村，所以這不算自己的幼年風光，卻有懷念的感覺。

「哦！是稻作地區呢。」

騎著大象的萊卡從後方趕上來。

「王國南部種植了稻米這種作物。其他地區幾乎都吃麵包，不過這一帶也吃稻米。」

「哦，真是懷念呢。畢竟我上輩子也生活在稻米文化圈。」

附帶一提，哈爾卡拉似乎被蛇看上，只見她的腳與手臂被纏住，卻沒有被咬的跡象。

「啊，出乎意料地可愛呢～水亮的眼睛好可愛喔～」

還有心情這麼悠哉，看來也不需要施放解毒魔法呢。

「對了，這附近有沒有可以吃到米飯的店呢？」

「應該有喔，不過採集草藥該怎麼辦呢？」

「那邊就中止吧。」

◇

於是我們來到附近的小鎮，進入餐廳。可能因為悶熱，店家的座位是設置在戶外的餐桌，上頭只有屋頂而已，氣氛很開放。

端上桌的是摻了紅色豆類的米飯，上頭盛放大量香辣雞肉的料理。料理名稱倒是忘了。南方連語言差異都很大，實在搞不太懂。

「那麼，開動囉～！」

我像個前世日本人，雙手合十之後才開動。

米飯一送進嘴裡，就發現口感與俗稱的白飯相當不一樣。

吃起來非常黏，黏答答的。不，黏答答這個形容詞可能不太好。應該說很Q。感覺像更軟一點的紅豆飯。還有，連這米飯也像紅米呢。

並非煮飯方式差勁，而是品種原本就這樣。在日本比較接近糯米。

萊卡與哈爾卡拉似乎不太習慣，露出不可思議的表情吃著。

「這道料理似乎格外會囤積在肚子裡呢。」

「我覺得自己比較喜歡麵包，雖然肚子可能會脹起來。」

調味可能也由於香料的關係，比較接近民族風，不喜歡的人可能不喜歡。自我感覺良好系的女生或許可以接受。

以前曾經覺得，大白天就吃高達九百圓午餐的女生好奢侈。可是既然會過勞死，或許早該大吃幾頓昂貴的午餐才對。

話說回來，豆類與Q勁十足的米啊。當然，小麥是本來就有的。

忽然，我在腦海中浮現一個點子。

能不能製作以前在日本就有的甜點呢？

既然有豆類，應該可以準備豆沙之類的餡料，至於包子皮多半可以使用麵粉。接下來就是年糕了，連年糕應該都能利用這種糯米製作。

附帶一提，想做甜點的動機是法露法與夏露夏會高興。就這樣。

提到廚藝，萊卡應該比我精湛，哈爾卡拉的手藝也不差（雖然偶爾會摻奇怪的東西），不過「媽媽，做菜真好吃！」這樣的誇獎倒不常聽到。

其實現在還是會受到誇獎，可是真要說起來，是對下廚做菜的人表達感謝的心意，與菜餚非常美味的反應不一樣。

因此只要卯起勁來準備豆沙包，女兒不就認知到媽媽擅長製作甜點了嗎？

不壞，不壞喔。

可是這種甜點，說不定已經存在於這個世界。如果一臉得意說這是原創，結果卻像抄襲的話可就丟臉了，所以先調查一下吧。

「欸，萊卡，哈爾卡拉，妳們知道這片土地上的甜食是什麼樣子嗎？」

萊卡歪頭表示不明白，不過哈爾卡拉倒是回答「啪哩啪哩」這個聽起來有點傻的名稱。

「似乎是吃的時候會發出啪哩啪哩的聲音，所以叫做啪哩啪哩。聽起來像是幼兒語。」

「唔，也想嘗嘗看呢。」

「菜單上應該有吧？是很普通的食物。」

那麼趕快點看看，隨即向店員點了啪哩啪哩。

端上來的是表面積特別寬廣，薄薄的某種點心。

總覺得好像攤得比章魚仙貝更加平坦的食物。嘗一口後發現，有微微的甜味，而且發出啪哩啪哩的聲音。

「哦，雖然味道樸素，但出乎意料好吃耶。」

「好像也可以當成下酒菜。」

「哈爾卡拉明明一喝就醉，卻很講究喝酒呢。」

就在我與哈爾卡拉互動的一旁，萊卡默默吃著。

多少可以明白，這種口感就像輕點心，會讓人一個勁地猛吃。

不過，與我想像中的甜食不一樣呢。

之後嘗試詢問餐廳店員，這片土地是否有需要經過蒸煮的甜食。看店員一下子想不出來的反應，多半不用擔心吧。好，應該可以確定沒有豆沙包。

等等，記得大約是在日本的室町時代從中國傳來饅頭。不過傳來的地點是禪宗寺院，在不能吃葷的戒律下改成豆沙餡的甜食，才成為主流而固定下來吧。

現在的和式饅頭則與中華豆沙包和肉包看起來完全不一樣，不過祖先大致上應該相同。

進一步說，以長遠眼光來看，紅豆餡麵包同樣是豆沙包的親戚。以麵粉製作外皮，裡頭塞進餡料的想法倒是一致。

另一方面，年糕系甜點則因為有糯米，可能在這個世界的某處也有吧。反正又沒有著作權，我可要光明正大地販售囉。反正別說是原創就沒關係。

「兩位，等一下找找有賣豆類的店家吧。」

「啊～豆類有不少對健康有益喔～」

抱歉，哈爾卡拉，這次可能是我的動機比較不單純。

之後我盡可能尋找接近紅豆，呈現紅色而感覺有甜味的豆類，順便還大量購買了當地的糯米。

兩人似乎以為我想在家裡重現南方料理，其實不是。

◇

回到家後，我馬上開始反覆嘗試製作豆沙餡與包子皮。

由於我上輩子不是什麼職人，只能反覆失敗並且學習。

幸好我不用上班，時間有的是。

哈爾卡拉表示「師傅大人無比認真地想做些什麼呢！」讓我背負無意義的罪惡感，但除此之外沒什麼問題。

另外失敗的成品，則讓肚子一餓就想隨便吃點什麼的芙拉托緹負責吃。

「主人，好像愈來愈好吃了呢。」

「那就太好了。我會想辦法撐到完成的。」

豆沙餡的製作比較快搞定。以砂糖或蜂蜜添加甜味，將豆子煮爛後，就有模有樣了。哎呀，能增添甜味的材料真是偉大。

不過皮就困難了。因為光靠麵粉無法順利膨脹。

該不會需要發粉吧？從結論而言多半需要，雖然想要，卻不知道哪裡有賣。

或者用麴菌發酵讓麵糰膨脹？問題是麴菌在哪裡才是個謎。

如果弄到山藥的話，能不能當代替品呢……？偶爾會見到加了山藥的豆沙包。可是也不知道山藥在那裡有自然生長。

結果好幾次做出扁趴趴的皮，能吃倒是能吃，所以全讓芙拉托緹吃了。

「希望能再溼潤一點。」

「我知道，我會想辦法搞定，稍等一下。」

然後，反覆嘗試到快厭煩的最後——

我終於設計出完美的配方了！

這算是企業機密，所以還是別太張揚。

有祕傳配方也很魔女，應該沒關係。

「嘗過後完全就是豆沙包！呵呵呵，呵呵呵呵呵！成功啦，我成功啦！這可是我一生一世的得意作品！」

我的情緒也達到最高潮！

「太好了呢！主人！第一百一十八次終於成功了喔！」

「芙拉托緹也謝謝妳！另外，原來妳有計算失敗次數啊……」

之後羅莎莉冒出來，說讓芙拉托緹看之前就已經失敗五次，應該更正為一百二十三次。如同持續狩獵史萊姆三百年就會有所改變，持續製作豆沙包也會有完成的一刻。

好啦，首先讓法露法與夏露夏嘗嘗——雖然想這麼說，但首先將完成品第一號，獻給一直在旁邊觀看的芙拉托緹。

「來，嘗嘗看。剛蒸好的，還有一點燙。」
「芙拉托緹怕燙所以會小心的，冷的倒是沒關係。」
因為她會從口中吐出寒氣呢。
只見芙拉托緹的眼睛頓時驚訝地大睜，尾巴也不停搖動。
「哦！這真是好吃！是以前從未吃過的全新食物喔！」
好！接下來換兩個女兒！
法露法與夏露夏一直在自己房間裡看書。
法露法看的是《算數與倫理學》。
夏露夏則是看《時間究竟為何》。
每一次都看特別艱深的書籍呢，我則是完全無法理解。兩人多半具備只要按圖索驥，就足以成為教授的優秀頭腦吧。
「欸，要不要吃點心？來，使用頭腦後會想睡覺吧？」
「不過已經吃過了晚飯，並不是點心時間喔？」
「用餐後也過了好一段時間，所以與甜點也不太一樣。」
結果女兒做出冷靜的判斷。
「總、總之媽媽製作了甜而美味的點心，嘗嘗看吧！」
呈現褐色，外型渾圓，的確很像豆沙包。

在盤子上盛放幾顆後端到兩人面前。

「來，使用頭腦之後會想吃甜食吧？吃了之後，或許能更加把勁喔！吃吧，吃吧！」

或許有點太強迫了，但兩人都拿起豆沙包。

首先，法露法咬了一口。

剛一吃下，法露法的表情頓時開朗！她的表情讓我確信勝利！

「好吃～！真的好好吃～！媽媽，好厲害喔！沒吃過這種呢！媽媽好會做甜點喔！」

「謝謝，一直好想聽妳這麼說呢！」

我細細咀嚼這番喜悅。

接著是夏露夏。兩人的嗜好十分近似，很符合雙胞胎，不需要太擔心。

「唔……」

閉起眼睛，夏露夏不停發抖。然後伸手拿起第二個。雖然表情沒什麼變化，但如果不好吃的話應該不會有這種反應。

「媽媽，這個名叫什麼？」

個性上，夏露夏偏好知道來歷等資訊。這一次也一樣。

「這叫做豆沙包。」

「竇沙堡。記得西部好像有這種地名。」

夏露夏說著從書架取出地名辭典，上頭應該不會有豆沙包的記載吧……更何況這連地名都不是。

「竇沙堡，有了。以竇沙堡伯爵魯古涅斯聞名。沒有關於這種點心的記載。」

「兩者完全無關喔……巧合，巧合。」

可是不太想被當成竇沙堡這塊領地的原創商品呢，況且在這個世界製作的人是我。

反過來說，如果豆沙包流行的話，竇沙堡的居民也有可能疑惑，為何要以自己的地名來命名。

在夏露夏翻閱字典之際，法露法大口吃著。雖然飯後才吃甜點可能對健康不太好，不過今天就允許她。

「是很好吃，但希望能更可愛一點呢～」

結果她提出可愛的要求。咦，原來連豆沙包都需要可愛嗎!?

「妳看，媽媽，上頭沒有臉或任何圖案。如果像臉的話，看起來不就更可愛了嗎？」

「真是嶄新的提議呢……不，也是有烙上公司名稱的豆沙包，或許不算嶄新……」

話雖如此，印上真實的臉看起來又很詭異，有必要處理一下。要設計成動物的臉嗎。可是什麼動物的臉容易辨識呢？
「這個形狀，好像史萊姆。」
夏露夏嘀咕，並將一整顆塞進嘴裡。
「東藍，虎來某應該不糖。」
應該是在說「當然，史萊姆應該不甜」吧。
這句話讓我得到了靈感。
史萊姆的臉倒是能立刻製作。畢竟非常單純。只要加熱某樣東西，趁熱印上去就行了。
「我知道了，等一下喔！」
加熱東西可以靠火炎魔法，我立刻找塊適當的金屬加熱，壓在豆沙包上，印成眼睛的模樣。
「來，看起來像史萊姆了喔～！」
於是，兩個女兒的表情更加燦爛。
印上史萊姆的臉後，的確很可愛，看來也十分受孩子的歡迎。
「史萊姆真好吃！」
「史萊姆很美味。」

© Benio

從史萊姆誕生的兩人大口吃著，雖然很像同類相食，不過除了外型以外任何成分都不一樣，應該沒問題。

在我腦海裡也略為浮現很哈爾卡拉的靈感。

這應該能大賣吧。

雖然不至於想靠這個做生意賺大錢，但如果帶到弗拉塔村，村民應該會高興吧？

至於名稱呢，叫豆沙包會讓人聯想到地名，乾脆叫『食用史萊姆』好了。

◇

我讓自己身邊的人（準確來說，許多人其實不算人類）擔任評論員。

首先從家人萊卡、哈爾卡拉開始。

「圓滾滾的呢，亞梓莎大人！」

「肯定能成為商品喔！」

反應一如預料，感謝啊。我會當作參考的。

緊接著，這個時間多半已經下班了，我以魔法召喚別西卜。

可是她似乎還在加班，現身的同時手上還握著羽毛筆。哇咧……多半又會被她唸……

「反正這次又是無關緊要的瑣事吧？像是弄到好酒陪妳喝一杯，諸如此類對不對？小女子不會介意的，說吧。」

她的開場白讓人好難啟齒。不過我可要說囉，畢竟她說可以說的嘛。

「我製作了『食用史萊姆』這種點心，試吃看看吧。目前很受歡迎呢！」

果不其然，別西卜起先露出還不太接受的表情（反正她會突然找上門來，就當作彼此彼此吧），一口將一顆塞進嘴裡。

「唔！做得相當不錯哪！」

「對吧？我可是下了不少苦功喔？」

「比起調配藥品，妳比較適合製作這些哪！」

「這句話對魔女很沒禮貌，給我收回！」

總之，這樣的評論員調查應該足夠吧。

「好，到弗拉塔村實驗販售吧！」

兩個女兒聽到了我的聲音。

「想玩擺攤家家酒～！」

「樸實地工作也會有收穫。」

雖然不是家家酒，不過商品只有一種，兩人應該也可以完成。

好，就讓她們幫忙吧！

◇

隔天早上。

我和兩個女兒去找村長，表示想開設攤位。

「不好意思，我們製作了甜點，想在有空位的地方販售。」

「那就在市場設置桌子，在該處賣吧。今天天氣晴朗，應該也不需要搭雨棚。」

立刻決定。

在這方面，累積了三百年的信任與實績果然有用。我們從公民會館借用桌子，簡單設置了一番。

另外會一大早前來，是因為設置可能需要花時間。而且村民的生活屬於早晨型，動作太慢的話會錯過購物時間。

當然，我們也有備而來。

「夏露夏，拿那個出來吧。」

「明白。」

夏露夏攤開的，是畫著『食用史萊姆』的宣傳用招牌。

插圖是陳列在木盒中，看起來很美味的商品，上頭畫了放大特寫的一顆。

還有「風味絕佳．滋養強壯高原魔女謹製食用史萊姆」這幾個字。

形容詞有些生硬，不過這也是可愛之處。既然是食物，就表示有營養，滋養強壯也不算騙人。

夏露夏的畫技很棒，所以我拜託她畫。

「哇～擺攤，擺攤做生意！毛利、毛利～♪收支平衡點～♪沉沒成本～♪」

法露法雖然興奮不已，不過唱出來的單詞十分生硬。因為一直看數學相關書籍嗎……？

接下來，我將商品陳列在「1個裝70戈爾德」「4個裝250戈爾德」「8個裝500戈爾德」「16個裝1000戈爾德」「32個裝2000戈爾德」的價標後方。

32個裝相當壯觀。感覺像送禮用品。

「好！多賣一點吧！」

心情鼓舞下，無意中我捲起袖子。

「媽媽，媽媽！機會難得，要不要在一旁放切成四分之一的大小提供試吃呢？因為大家都沒見過，請大家嘗嘗看比較好喔！」

「原來如此，法露法好聰明呢～」

「還有，寫上紅豆與小麥的產地或許也不錯喔～畢竟可能有顧客會在意產地～」

「…………法露法，這會不會太認真啦？」

感覺好像帶哈爾卡拉來一樣。擺攤家家酒難道是這樣玩的嗎？最近的家家酒有這麼硬核嗎？還要包含指導如何應對申訴顧客？

話說回來，即使旁觀也覺得，兩人的家家酒很正式呢……

由於沒有決定營業時間之類，等村民開始上街購物的時候，開始營業。

很好，還不用鼓起幹勁開賣，村民就立刻不斷聚集而來。

「高原魔女大人又製作了新的東西嗎？」「哦，做成史萊姆的形狀呢。」「好可愛～！」

法露法在盤子上盛放試吃用的『食用史萊姆』，端到顧客面前。連這方面都無可挑剔耶……

「各位，嘗嘗看，嘗嘗看吧～！如果好吃的話就買吧～！」

聚集的村民接二連三將『食用史萊姆』放進口中。

村民們從未吃過豆沙這種東西，起先還心想會不會有問題，不過絲毫不用擔心。

看到大家的表情，就知道這次贏了呢。

「真好吃！軟綿綿的麵包裡包了黑色的奶油！」「真是順口的點心啊！」「嘴裡變得好幸福喔！」「高原魔女大人果然好厲害！」

討厭豆沙包的人應該不多吧。

似乎確實抓住了村民的內心。

「給我一盒大盒的！」「八顆裝的一盒！」「同樣的要兩盒！」

銷售速度飛快。沒錯，就是這樣！這才是賣東西的醍醐味！

附帶一提，這也是法露法特別仔細應對所致。

「感謝購買～！另外稍微加熱一下也很美味喔～要再來買喔～」

待客能力怎麼這麼強啊。

「姊姊玩家家酒絕對不會放水。模仿蚱蜢的時候，甚至試圖觀察蚱蜢怎麼跳，以及吃的是什麼。」

依然感到緊張的夏露夏向我說明。

「家家酒玩得這麼認真啊……」

「如果說，家家酒包括實際使用金錢的待客，肯定會更加起勁沒錯。」

雖然這不是家家酒，純粹就是待客了吧。

對我而言，原本期待更加奇幻風的攤位，但這樣快產生老牌和式點心店的氣氛了呢……

話雖如此，『食用史萊姆』的人氣相當旺，倒是十分感謝。每當這時候，暢銷程度總是遠遠超越村子的人口，這次應該也跑不掉。

然後，意外的人物以顧客的身分上門。

「辛苦了，師傅大人。」

哈爾卡拉來到隊伍的前方，剛才似乎規矩地排隊。

「該不會是來慰勞的嗎？」
「剛才原本在不遠處觀察銷售情況，看樣子在其他地方應該也可以大賣。請在納斯庫堤鎮一起販售吧。我這裡可以保證工作人員的人數！」
原來是覺得有利可圖才來啊……
「要談生意的話，請往這邊～！」
法露法還演得這麼逼真……
之後與哈爾卡拉談過的結果，決定了以下事項。

・哈爾卡拉指派工作人員，在弗拉塔村與納斯庫堤鎮（加上「這」比較合適，不過正式上是納斯庫堤鎮）這兩處販售。弗拉塔村則另外雇用村民。
・商品名稱堅持「弗拉塔村銘菓」，幫忙宣傳弗拉塔村。
・先在家人之間利用空閒時間製作，等到大受歡迎後，再教哈爾卡拉製藥的職員製作方法。

我雖然不打算做生意賺錢，但是在納斯庫堤鎮這種鄰近地方販售應該沒問題吧。

◇

趁『食用史萊姆』大賣之際，我也加快腳步開發下一種商品。

當然是利用糯米製作的年糕。說是年糕點心，其實也有許多種類。如果黏性太強，會有堵塞喉嚨的危險，所以我想製作類似柏餅的點心。

這次也讓芙拉托緹大口吃掉試作品，亦即『之後由工作人員美味地享用』那一套。胃口特別大的龍在這時候真是幫了大忙。

這次的作品比起豆沙包而言，倒是相當輕鬆搞定。

同樣也印上像是史萊姆的眼睛。

另外既然難得，將糕放在葉片上完成。

「命名為『葉片史萊姆』喔！」

第一次試吃由芙拉托緹進行。

「嗯，這種很有分量的重量感，也可以當早餐吃呢。裡頭的豆沙餡也不壞。」

「畢竟是米做的啊。可能沉甸甸的呢。」

「那就先來十五個左右吧。」

十五個不能叫『先來』耶。

好啦，也讓女兒們嘗嘗看。

「真好吃！最喜歡媽媽了！」「媽媽，手藝真好。」

總有一天，也希望聽夏露夏活潑地說「最喜歡媽媽了！」但如果讓她這麼做，人格特質可能就會改變，其實維持這樣也不錯。

當然，我很明白夏露夏喜歡媽媽。這我當然明白。至少比別西卜還明白。畢竟這可是重點呢。

「媽媽，想配茶一起享用。」

既然夏露夏如此提議，因此我幫她沏茶。

還配合『葉片史萊姆』，泡得略為濃一點。

夏露夏咬了『葉片史萊姆』一口，然後啜飲著茶。

「呼～哈～復活了呢～」

這時候，夏露夏的眼睛瞇成細線，帶有非常溫和的笑意。

是夏露夏珍貴的笑容耶！太好了，看見美好的一幕啦！

雖然一股好想立刻抱緊她的衝動驅使我，但畢竟是母親，再怎樣也不該做出怪異舉動，所以我忍了下來。這種忍耐也是必要的。

「現在如果有隻睡在大腿上的貓，就太棒了。」

想法好像在外廊稍作休息的老奶奶一樣。我當然知道貓很可愛。

「媽媽的點心，與茶也很搭配喔！嗯，我明白夏露夏的意思了！」

法露法則一如往常，完全肯定我。

為了保護她的笑容，要我成為魔女也甘願（其實已經是了）。

那麼，也得販售『葉片史萊姆』囉，還得告訴哈爾卡拉才行。

哈爾卡拉確保工作人員的提議真是太好了。要販售任何東西，就會長時間受到拘束。製作同樣屬於興趣的延伸，所以我沒辦法每天固定時間起床並採購。

這方面的問題就靠公司制度幫我搞定吧。

彌補個人力量有極限之處，幫忙推廣至各地。公司當然有好的一面在，就針對好的這一面利用吧。

讓哈爾卡拉也嘗嘗（幾乎等於柏餅的）『葉片史萊姆』後，她讚不絕口。

「當然也要一起販售！與『食用史萊姆』做為兩大主打，完全沒有死角喔！」

「既然哈爾卡拉都這麼說了，肯定會火紅吧。」

◇

隔天，我在納斯庫堤鎮觀摩販售的景象。

新商品『葉片史萊姆』到貨！全新口感！高原魔女發揮本領！

在這幾個大字躍然的前方，工作人員正準備開店。

「看著看著感覺好難為情……」

「沒什麼好難為情的！儘管放膽去賣吧！」

然後，到了開店時刻。工作人員高聲吆喝「現在開始販售～！還有新商品喔～！試試看吧～！」，顧客隨即蜂擁而至。

畢竟人口比弗拉塔村多，來自鎮外的人也不少，店鋪前方相當熱鬧。

「哦……真是痛快……製作的商品能大賣真是太好了……」

「對呀，應該在中午前就會銷售一空了。大量生產比較能賺錢，可是味道變差就本末倒置了，所以能維持這樣是最好的。」

畢竟最讓人高興的，是顧客臉上都露出笑容。

一開始的心情終究只想讓兩個女兒開心，但其他人也能感到高興，那就再好不過。

還聽到「真不愧是高原魔女大人」的聲音。嗯，多說一點。

「高原魔女大人，在飲食方面真是厲害呢。」「咖啡廳『魔女之家』也很棒啊。」

嗯……？怎麼稱讚好像有點偏啊……？

「魔女大人的得意領域在這方面吧。」「大概是發現比起配藥，更適合這方面吧。」
「發現自己的長處是件好事喔。」
這時候，我才發現自己犯了錯。
原本前往南方是為了配藥，讓自己更像魔女，結果反而點心比較顯眼。不如說，配藥的部分更加倒退了！
工作人員喊著「是點心魔女大人的新作品喔～！」
別幫我取這種奇怪的別名啦！我終究是高原魔女！
「為了製作好的點心而住在高原三百年，真是優秀的新作啊！」
我又不是為了製作點心才住在那裡的！
「三百年的傳統在點心上綻放喔！既古老又創新，就是這種點心！」
不要說得好像我從江戶時代中期開始創業好嗎！
說不定放棄以配藥留名於世的念頭可能比較好。
問題是這麼一來，可能連魔女都不算了……
我一邊思索自己的定位，同時咬了一口『葉片史萊姆』。
不會太甜，味道適中。
能以世界為目標了耶。
——不對不對，還是別忘記慢活吧……

法托菈與瓦妮雅

擔任別西卜祕書的利維坦姊妹。
能變身成巨龍的外型，還曾經負責
接送與照顧亞梓莎等人往返魔族國度。
姊姊法托菈認真又有才幹，
妹妹瓦妮雅雖然迷糊卻有一手好廚藝。

不好意思，妹妹的個性太隨便了……
啊～好想花上司的錢去泡溫泉喔～

既然活在世界上，當然會想堅持領先嘛。

艾諾

視亞梓莎為前輩仰慕，長生不老的「洞
窟魔女」。具備優秀的配藥技術，
卻因為生性不想被人看見自己努力而一
直沒沒無聞，受亞梓莎開導才改正。
目前活躍中，但經常槓上同行的哈爾卡
拉。

朋德莉

貓獸人的不死族。最討厭工作。
酷愛遊戲。是堅定不移的家裡蹲，
到死為止，連死了都繼續照蹲不誤。
不過被別西卜撿回去，在魔族國度
開設「陪人玩遊戲的店」。

才不要！我絕對不工作！

遇見像媽媽的妖精

自從我被人稱為製作點心的魔女後，過了一段時間。

我與兩個女兒前往弗拉塔村採購。

這是極為日常的光景。可能由於天氣轉涼，穿厚衣服的人逐漸增加，反過來說也只有這點變化而已。

回程，我順道前往公會將狩獵的史萊姆魔法石換成錢。

畢竟是小村子的公會，職員人數不多，幾乎都確定是娜塔莉小姐坐櫃檯。

「來，這是這一次的魔法石。」

我掏出塞滿袋子的魔法石。

「那就幫您清點喔。總共六十顆。一萬兩千戈爾德呢。」

大約一萬兩千圓。雖然只能孜孜矻矻地賺，不過狩獵史萊姆正好能利用空閒時間完成，剛剛好。

另外，萊卡會自動自發狩獵更多史萊姆，所以我也讓她自己換錢。看到魔法石不

She continued destroy slime for 300 years

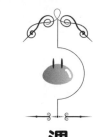

斷累積也比較有成就感。

「高原魔女大人，是不是專心製作點心賺得比較多呢？說起來，光靠哈爾卡拉小姐的工廠，就已經足以賺許多錢了呢。」

連娜塔莉小姐都逐漸認為我是製作點心的魔女了……

「狩獵史萊姆算是習慣。況且就算有幾億戈爾德，能獲得一萬戈爾德還是會拿吧？反正拿了也沒什麼不好，不是嗎？」

「這個，是沒錯啦。反正不拿白不拿嘛。」

基本上錢多不愁，愈多愈開心。

「啊，對了，對了。有封寄給高原魔女大人的信喔。」

法露法小心翼翼接過娜塔莉小姐遞過的信。

「信啊，究竟是誰寄的呢。希望不是要求狩獵奇怪魔物的委託就好。」

在此說明一下這個世界的郵政制度。

可能會突然顛覆想像，不過這裡沒有公共的郵政「制度」。雖然有政府機關通告轄下組織的方式，不過那另當別論。這裡指從普通人A寄送給普通人B。

至於究竟該如何寄送信件，就是如果有人朝住在某地的B方向行進，就先交給對方。若是對方沒有抵達目的地，對方就再拜託別人代為轉交信件。就像信件的接力賽。

然後轉交過程中，信件來到了弗拉塔村。

記得日本的中世紀也有類似的郵政「制度」。所以寫信後隔半年才收到是常有的事。若是情書的話，送達之際對方早就已經另結新歡了。

另外，魔族寄送邀請函等情況的話，魔族會雇用專門人員。在人類世界也一樣，如果必須緊急將某些東西寄送給B的時候，會由某人接下差使。

不用說，人事費用超級貴。

幾乎與派遣使者沒什麼差別了。

至於究竟寄來了什麼呢。

這種粗枝大葉制度的優點，就是住址簡略成「據說住在弗拉塔村的魔女大人」也依然會送達。只要信來到弗拉塔村，接下來就會保管在我的家人經常前來的場所。

法露法拆開信封，閱讀裡面的信件。如果是寄給哈爾卡拉或萊卡，就不能隨意拆封，但既然籠統地寄到我家就沒關係吧。

「唔～原來還有這樣的啊～」

光聽法露法的說法，聽不太懂意思呢。

夏露夏也等法露法看完交到自己手上後瀏覽一遍，但她默默地仔細閱讀，所以我還是不明白。

話雖如此，從兩人的反應看來，不像是噩耗之類，看了會大受打擊的內容。

「欸，女兒，究竟是誰寄來的信呢？」

「這個啊，是『世界妖精會議』寄來的喔～！」

「『世界妖精會議』？」

完全第一次聽過。雖然從會議這兩個字，推測應該是討論什麼議題。

但也不算完全猜錯，畢竟我的兩個女兒是史萊姆妖精。

「女兒，知道這個會議嗎？」

法露法表示「不知道」，夏露夏則搖了搖頭。

那麼家裡很可能沒人知道呢。

「媽媽，內容簡而言之——就是即將舉辦妖精們不定期齊聚一堂的『世界妖精會議』，而夏露夏與姊姊似乎受到了招待。」

「哦……不過又沒有登記成為會員，他們居然知道有史萊姆妖精呢……」

「邀請函上寫著是從風聞得知的。」

果然，這個世界真是粗枝大葉。

「以日期而言可以前往，而且距離相當近。似乎是夜晚在南堤爾湖的湖畔集合。」

「確實很近呢。」

南堤爾州的由來是一座名叫南堤爾湖的美麗湖泊，位於不輸給此處的高原上。以同一州而言不算遠，不過這段距離以步行很難一天內抵達，所以我一次也沒去過。畢竟這三百年來，我也幾乎沒有觀光。

「機會難得，法露法想參加呢～」

「夏露夏也感興趣。」

「嗯，是沒錯。連不是妖精的我都感興趣呢。應該說，那裡該不會全都是妖精吧。由於我不記得見過火妖精或水妖精，連是否實際存在都不得而知。」

在奇幻世界絕對存在吧，不過我完全沒參與過攻略地下城這種奇幻世界的套路，所以從未遇見。

「那麼媽媽也一起去吧～？不如說來嘛～！」

法露法指了指信件上的某處。

上頭寫著「監護人可同行」。

原來如此。對方也知道有孩童妖精的傳聞吧。

或是孩童妖精並不足為奇。

「這個啊，只讓兩個小孩前去確實有危險，萬一是假借會議名義的綁架犯就糟糕了，所以我也跟著去吧。」

「哇～！與媽媽一起旅行耶～！」

法露法上前摟住我。在公會內不可以吵鬧喔。不過摟住我是件開心的事，儘管抱緊我吧。

夏露夏雖然不如法露法積極，卻露出有些難過的表情，因此在回家路上的高原就緊緊摟著她。我的做法就是絕對不讓姊妹覺得哪裡不公平。

另外娜塔莉小姐有些膽怯地表示：「居然輕易答應參加那麼可怕的會議，真不愧是魔女大人……」

「一般人會對妖精抱持抗拒感嗎？」

「雖然是傳說，但據說多數妖精都喜怒無常。另外也聽說有些妖精缺乏人類的善惡價值觀。比方說，雷妖精嘗試將雷電劈到人類身上的時候，就足以害死人……」

就像幼童會抓住蟲子大卸八塊一樣吧。

雖然法露法與夏露夏不會做出這麼殘酷的事情。

剛才我的確用了殘酷這個形容詞，但殘酷本身就是人類成人的價值觀。甚至行為者本身可能都不會這麼想。就像為了熬湯而切蔬菜，沒有人會認為這種行為很殘酷。

「這麼一來，那我就更該去了。妖精彼此多半能和平相處。況且名義上好歹是會議，應該不會做出太危險的事情。」

就這樣決定參加『世界妖精會議』。

萊卡表示願意送我們到南提爾湖，不過機會難得，我決定與兩個女兒慢慢晃過去。

◇

首先徒步走到納斯庫堤鎮，在該處轉乘馬車移動。

偶爾像這樣緩慢移動也不壞。乘坐變成龍的萊卡是很方便，但不能過於習慣這種便利。旅行同時也該享受抵達目的地的過程。

「呵呵呵～！旅行！旅行！與媽媽旅行～！好～開心喔～！」

法露法顯得非常興奮。算是一種遠足吧。

「話說回來，包包塞得這麼鼓啊。有這麼多東西要帶去嗎？」

我也看過『世界妖精會議』的邀請函，上頭沒有寫任何攜帶物品。就算有的話，頂多也只是筆記用品吧。

「嗯！因為我準備了各種東西喔！」

「是嗎～究竟裝了什麼，媽媽也很期待呢。」

附帶一提，在我另一側的夏露夏一直十分愛睏，不如說已經快睡著了。

有人經常在電車上打盹，那似乎是電車的震動頻率會誘使身體產生倦意。說不定馬車的震動也有類似的效果。

「夏露夏昨晚似乎太興奮了，一直睡不著呢。」
「完全就是遠足前一天嘛！」
真是懷念……小學的遠足前一天，我也輾轉難眠而邊播放音樂邊睡。聽著音樂，不知不覺就會睡著呢。
結果，夏露夏緊緊摟著包包進入夢鄉，頭直接靠在我的身上。
「夏露夏，睡著了呢～」
連這麼說的法露法，沒多久也跟著睡著，往我身上倒。
「真是可愛的兩個孩子。」
嗯，這一瞬間可說是母親最幸福的時光。
這趟旅行對我個人而言已經太享受了，不過主要活動終究是『世界妖精會議』。
那麼這場會議，究竟有什麼樣的內容呢。

途中在中繼地點的城鎮過一晚，大約兩天後的傍晚時分，終於抵達了南堤爾湖。
不愧是有名的觀光地，風光明媚的景色盡收眼底。
這樣等於完全沒有以自己的話描述，若要進一步形容的話，總之湖水呈現深藍色，應該接近群青色吧。與高原的綠意的確十分相襯。
或許接近在海拔高處設置了一面巨大的鏡子。

「嘩～！好漂亮～！好大喔～！」

「這就是自古以來，文人墨客對景色讚不絕口的地方……」

兩人都以自己的形容詞表達感動。不過——

「會場是這裡沒錯吧？可是沒有任何人喔。」

沒錯，南堤爾湖附近絲毫不見人影。畢竟是妖精，以人影這種形容詞或許也不太一樣。

「已經黃昏了啊。就算有觀光客，應該也早就回山腳下的旅館囉～」

「法露法說得沒錯。這個時間還在這裡的人倒是很罕見呢。」

「根據邀請函，上頭寫著要我們待在湖畔略為凸出的部分，應該就是前面吧。」

於是大家前往夏露夏手指的方向。話雖如此，該處依然沒有任何人。

「上當了嗎？還是惡作劇？不過要說騙人，也真是半吊子呢……」

「媽媽，邀請函寫著夜晚集合。目前時間還不算夜晚，意思是再等一下。」

「也對。就在這裡悠哉一下吧，觀賞日落其實也滿美的。」

然後大約在該處放鬆了一個小時左右——

突然察覺到許多氣息。

真的是許多，有種突然被丟到王都市場正中央的感覺！

不只感覺，實際上的確有許多人，不對，妖精聚集而來。

外表整體上接近人類。

服裝方面，多數女性穿著寬鬆，裸露程度略高的禮服。像是舞會上會穿的衣服。還有人完全露出背部，與原本想像的妖精形象十分相近。

男性妖精的上半身裸露機率，以及肌肉隆起的機率特別高。

這也與腦中想像的妖精形象接近，就像是摩擦神燈後會出現的妖精吧。

是因為肌肉隆起想展現才上半身赤裸，還是因為上半身赤裸想秀身材才練出肌肉呢，不知道何為先後。

與人類相比，髮色顯得五彩繽紛。

猜想，偏藍髮的是水系妖精，偏紅髮的是火系妖精吧。

也有一部分妖精並未呈現人類外型。

例如像是剪得歪七扭八的杜鵑上裝了眼睛的生物啦，或是魔法少女吉祥物角色的奇幻人物。

完全分不出來他們是什麼妖精。我家的法露法與夏露夏也是史萊姆妖精，相當特殊的種類，光看外表也猜不出來吧。

這些妖精們正氣氛熱絡，你一言我一語地有說有笑。

不知何時居然聚集了這麼多啊。

「哇～！有好多妖精喔！」

「這些就是眾妖精……」

即使反應不一樣，兩個女兒都眼神閃爍。

有許多與自己同樣的妖精，應該是相當新鮮的刺激吧。

「法露法去向大家打個招呼！」

行動力強的法露法率先跑上前去，主動向妖精們打招呼「你好！我是法露法！」

好強的社交能力喔！毫無疑問比我小時候還強！

相較之下，夏露夏雖然觀察妖精們的情況，卻似乎沒有勇氣主動開口。不，缺乏勇氣這種形容詞有點怪。這才是正常的反應，連我都不敢坦率地上前攀談。

「夏露夏，如果想四處打招呼的話，媽媽可以陪妳去喔。」

我與夏露夏面對面，略微彎下腰去，與夏露夏的視線齊平。

「因為受到邀請的人是夏露夏，所以可以抬頭挺胸喔？」

夏露夏雖然沒有立刻回應，卻開口表示「希望，媽媽可以，一起來……」

「嗯，那就依序去打招呼吧。」

老實說，我也感到很慶幸，或者該說不屬於妖精的自己實在沒有勇氣上前打招呼，夏露夏願意跟來在心理上幫了忙呢。在這方面我們兩人利害一致。

不過夏露夏在出乎意料的地方展現自己的特質。十分可靠。

「您好，我是史萊姆妖精夏露夏……這一次是首度參加……」

一邊打招呼，夏露夏同時將寫了自己名字的卡片交給對方！

這是遞名片！幾乎就是日本式的遞名片！

「歡迎來到妖精的集會。我是瀑布妖精佛蘭。」

「我是火山灰妖精傑斯瓦。」

「積雨雲妖精米沙米。」

另一邊的妖精們也問候回禮，種類比想像中還要限定呢……

「我是夏露夏的母親，高原魔女亞梓莎。以監護人的身分前來，請多指教……」

不論幾歲，還是不習慣這種自我介紹……

結果場內頓時緊張起來。

「提到高原魔女，就是毀滅了藍龍與魔族，超級可怕的人物吧！」

「據說還葬送了各式各樣的冒險家呢。」

「還號稱是最接近神的人物喔。」

太誇張，太誇張了！我哪有毀滅人家啊！目前依然和平共處好不好！

即使我適當地訂正這些傳聞，一番交流後我也受到眾妖精接納。

「話說回來，原來妖精有這麼多種類啊。」

總之我先向女性瀑布妖精開口。

「對呀，因為隨著概念不同而分得特別細呢。光是水系，就有水窪妖精啦，湧泉妖精啦，地下水妖精啦，溫泉妖精啦，河川、沼澤、池塘、湖泊、深潭等各式各樣吧。」

「劃分得還真細呢……」

「因為如果籠統地分為水妖精，又顯得有點勉強吧？」

「我大概明白您的意思了。」

掌管所有水的妖精，職務顯然太多了。

即使是這種超自然的存在也該有個極限。

「附帶一提，史萊姆妖精在分類上也是水系統妖精喔。」

「咦!?是這樣的嗎!?」

與女兒住了這麼久，居然連想都沒想過！

「因為史萊姆的身體似乎有九十九％是水。已經算是水了吧，水。」

「這麼說的話，人類也大約七成由水組成，而且許多種類的動物也可能算在水的管轄範圍內……話雖如此，我明白您的意思了。」

由於史萊姆是魔物，原本心想魔物的妖精該怎麼算。但如果以水系之一考慮，倒是可以接受。

「原來夏露夏與姊姊是水系妖精……」
對夏露夏本人似乎是相當衝擊性的事實，只見她的手置於胸口，有些茫然。
「水系的妖精……好像覺得比以前更了不起了呢……」
「的確！宣稱是與水有關的妖精，聽起來比史萊姆妖精的等級更高呢！」
夏露夏突然將手朝向前方，使勁往前伸了伸。
怎麼回事，中二病之類的症狀？
「水魔法放不出來……」
「光是水系妖精可能不行呢……再練習吧……」
為了與我戰鬥，夏露夏使用了專用的破邪魔法，之後瑪納耗盡。幾十年內即使學會了魔法也無法使用。
光是女兒們的真面貌揭曉，來這裡就有價值了。
不過，我還是太小看女兒們的本領。
只見夏露夏在包包裡東翻西找，準備取出東西。
怎麼回事？名片之後還有什麼？
「做為相識的證明，小小東西不成敬意，請用。這是名叫『食用史萊姆』與『葉片史萊姆』的點心。」
居然在發伴手禮——！

真的假的……在這方面的社交能力真的超強。

遠處的法露法果然也表示「來，這是點心喔～！」並贈送『食用史萊姆』（八顆裝）。即使是小孩，但不愧活了五十年呢……

原本懷疑妖精會吃點心嗎，不過對方表示「哦，真感謝啊」並且順理成章收下。的確連我家的女兒都會用餐呢。

之後繼續向各式各樣的妖精打招呼，天南地北聊妖精。

但幾乎都是發現了花很漂亮的山啦，哪裡的麵包店很美味啦，這些與妖精的意義沒什麼關聯的話題。他們真的是妖精嗎？

總之，時間就這樣平靜地流逝。

中途與法露法會合，三人一起走訪各式各樣的妖精。以新人而言做得不錯吧。

「『世界妖精會議』真有意思～！」

「對啊，偶爾有這種機會或許也不錯——————哎呀？」

我這才發現有些不對勁。

「會議完全沒有開始呢……」

沒錯，自從見到妖精們的身影後明明過了將近兩小時，卻絲毫沒有召開會議。該不會這裡是外圍，會議在別的會場召開？

我前去找剛才聊了不少事情的瀑布妖精。

碰到這種情況，多半都會找較為熟識的對象開口。

「不好意思，請問會議已經開始了嗎？聽說地點是這裡……」

「？我不太明白問題的意思。您不是已經在參加了嗎。」

應該說反而是我不明白她的意思。

「看起來一點也不像會議。請問是不是已經在哪裡開過了？」

「啊～原來如此，是這種誤會啊～」

瀑布妖精自己明白了。究竟是怎麼回事？

「『世界妖精會議』就只是妖精像這樣相互聚集聊天的集會喔。」

比想像中還要隨便耶！

已經等於『世界妖精閒談』了。說會議太誇張。實際上連議題都沒有。

「啊，這一次的『世界妖精會議』也快結束了。那就下一次再見面吧。雖然不太清楚會在何時何處召開。」

向我揮揮手的瀑布妖精走了幾步後，忽然消失無蹤。似乎會使用類似瞬間移動的能力。

我詢問的問題夏露夏好像也問過，露出幾分失望。

「說真的，希望能更確定一下概念。原本還期待究竟能討論什麼議題呢。」

「因為夏露夏很認真啊。反正這種寬鬆的連結也頗有魅力，況且還是不用講究尊卑關係的空間。」
法露法似乎還在與某處的妖精對話，發揮穩定的社交能力，但也察覺到在場剩下的妖精數量不斷減少。
有像瀑布妖精一樣消失的，也有徒步離開湖畔的。
看來的確接近閉幕，不過根本連閉幕式都沒有。
好像真的是自由交談，然後自由離去。
夏露夏似乎也覺得該做的都做了，坐在湖畔打開一盒『食用史萊姆』。
「媽媽也要嗎？」
「那就來一顆囉。機會難得，在法露法說回去之前待一下吧。」
「嗯。」
我與夏露夏發呆的同時，觀察剩下妖精們的情況。還真看不出來與人類有什麼差別呢。感覺就像來到有微妙距離感的對象舉辦的結婚典禮，甚至參加二次會一樣。
其實也沒有因此損失什麼，偶爾這樣也不錯。
「可是，還有地方讓人在意。」
夏露夏嘴裡邊咀嚼邊表示。
「怎麼了嗎？在意什麼事情？」
「就算沒有會議的形式，也總該有人將『世界妖精會議』的介紹寄給夏露夏與姊姊。換句話說，沒有辦公室之類的單位存在很奇怪。」

「原來如此……原來夏露夏還想到了這些啊……」

夏露夏好認真呢……究竟像誰呢。由於並非從一出生就由我養育，多半從誕生的時候就很認真吧。

「至少想知道誰是寄件人——不過。」

這時候夏露夏的表情浮現陰影。

「人數已經變得這麼少了，多半也難以得知吧……」

與夏露夏坐在一起的期間，人數進一步減少，妖精已經只剩下幾人。這樣的確很難找。

終於連談話的對象都消失，法露法跟著走回來，將一顆『食用史萊姆』塞進嘴裡。

「看來會議到此結束囉～」

「對啊。已經沒有任何人了，我們也去找旅館吧。」

就在我們即將起身時——

一名女性出現在我們正前方，亦即正好在湖中。

她肯定也是妖精吧。

「『世界妖精會議』如何呢～？呵呵～」

然後她說出很像執行委員方的話。

另外，我對她的第一印象就是胸部特別大，好大。

應該是俗稱的爆乳吧。比哈爾卡拉還大。哈爾卡拉大得很健康，但她實在大得離譜。如果閉起眼睛舉起一隻腳，可能會因為胸部的影響而失去平衡。

還有，垂下的眼角營造出整體穩重的印象。

「法露法與各式各樣的妖精聊過，好開心喔～！」

「希望『世界妖精會議』能更有會議的氣氛。」

姊妹的對比鮮明地展現。而我優柔寡斷，因此意見介於兩人之間。

「呵呵～這個呀～很久以前曾經採用更像會議的形式呢。結果沒興趣的妖精不願意來，出席率不斷往下降～所以才乾脆取消了會議喔～」

的確，即使是妖精也不願意出席死板的場合吧。況且妖精似乎比人類更鬆散。

雖然這是整體傾向，但愈是長壽的種族，就會愈粗枝大葉。

「啊，還沒自我介紹呢。我是水滴妖精。妖精大多沒有名字，不過別人通稱我悠芙芙。寄邀請函的人就是我喔～」

會主動向我們開口，果然她就是負責行政工作的人吧。

「水滴妖精？請問是什麼樣的妖精呢？」

「這個呀，比方說水會從雨簷滴下來，或是春天融雪會形成水滴吧。就是那種水滴妖精喔。」

水系妖精怎麼都這麼偏執啊！

「經常有妖精說我愛多管閒事。『世界妖精會議』也是因為沒有人負責行政工作，我才會接下工作。也曾在自家附近開過會議。別人送我的綽號是媽媽。」

悠芙芙以右手抵著臉頰表示。

綽號是媽媽啊，我明白。她的確很有媽媽樣。至少比起「老媽」或「母親」之類，「媽媽」的稱呼更加適合她。

還有她一點也不像我媽。我媽的口頭禪是「我們家與別人家是兩回事」。每次央求買什麼想要的東西時，幾乎都會被這句話打回票。

「然後呢，趁著行政工作之餘，心想機會難得，就開始針對妖精多方調查。看，妖精不是也會突然增加嗎？然後透過風妖精的傳聞得知有史萊姆妖精，才會寄邀請函。」

「原來不是風聞，是風妖精的傳聞啊！」

加入妖精的要素後，說服力突然增加。總覺得風妖精應該很喜歡八卦！

「自從我負責安排『世界妖精會議』後，新加入的妖精也變多了喔。」

要做為一種類別長期維持的話，必須得有新血加入才行。

「那麼，一直在這裡聊也不太好呢。欸，各位，方便的話要不要來我家呢？如果

還沒找到旅館的話也可以過夜喔。」

「啊，其實想接受您的好意呢……」

由於會議充滿太多謎團，雖然確認過旅館的位置，但尚未登記住宿。

「不過我不是妖精，只是魔女而已，方便嗎……？」

「當然可以啊。不需要這麼顧忌喲。呵呵～」

看到悠芙芙小姐的表情，總覺得好暖心。

「明明不是法露法的媽媽，不過悠芙芙小姐，看起來好像媽媽喔……為什麼呢。」

法露法開始混亂了。

可能是媽媽的概念擴大的關係……

即使不是親人，卻散發出媽媽的氣氛……

「姊姊，因為不是母親也能散發母性的關係……夏露夏也覺得她散發母親的感覺……」

夏露夏也跟著抱頭，連她都陷入了混亂！

「好，那麼就抓緊我吧。要以妖精會使用的瞬間移動魔法飛囉～」

說著，悠芙芙小姐主動緊緊抱住我。法露法與夏露夏則緊貼在我身後。

「呃，其實不需要貼得這麼近吧……」

「感情交流喔，感情交流。」

即使感受到悠芙芙小姐胸部的強大壓迫，我仍然逐漸產生自己是她女兒的神祕錯覺……

◇

不愧是瞬間移動，回過神來，發現來到了完全不一樣的地方。

位於一道小瀑布呈現兩層的山中，從第一層瀑布的深潭緊接下一層瀑布。在第二層瀑布深潭的一旁，有一處滴著水，蕨類植物特別茂盛的地方就是悠芙芙小姐的家，真的很會滴呢。

建築物的內裝，即使普通人居住也完全沒問題。即使是妖精，似乎也會過著人類般的生活。

「幾位應該也還沒吃飯吧。雖然我只會做牛奶濃湯與鬆餅，稍等一下喔。」

喝了一口端上桌的湯，我心想。

「這是媽媽的味道呢……」

一股強烈的溫柔流入體內。主成分完全就是溫柔啊……

連總是活力十足的法露法都一臉沉穩，很詩意地說出「內心愈來愈暖和了呢……」。呈現非常冷靜的狀態。

至於夏露夏，則表示「好懷念……有股模擬的鄉愁……」真的開始流下幾滴眼淚。

「能聽妳們這麼說，真是開心呢。」

媽媽……不對，悠芙芙小姐開心地注視我們的表情。雖然幾乎沒有聊到妖精的話題，但覺得目前連這些話題都不需要。

之後，兩個女兒一如往常洗澡，一如往常上床後進入夢鄉。

我依然睡不著，因此喝了杯悠芙芙小姐幫我沖泡的熱蜂蜜水。

「好喝嗎？」

「是的，很美味。」

「不用這麼禮貌沒關係。畢竟妳也活了很久呢。」

「知、知道了啦……」

這種心情，沒錯。

是回老家時的感覺……

「其實啊，我寄發邀請函的目的，是對妳這位高原魔女感興趣喔。」

真相爽快地從她口中說出。

「究竟對哪方面有興趣——噢，也難怪會感興趣呢……」

畢竟曾經在各地大顯身手啊（雖然是比喻性的表現，但偶爾屬實）。魔族都感興趣了，妖精感興趣也不足為奇。

「沒錯。而且不是突然聲名大噪了嗎？所以我想過，究竟是什麼樣的人呢。當然，身為『世界妖精會議』的管理方，對法露法妹妹與夏露夏妹妹兩人都感興趣。」

眼角溫和下垂的悠芙芙小姐露出淡淡的微笑。

「所以，與感興趣的魔女見面後有什麼感想呢？」

「嗯，一如預料。看妳與她們兩人的互動，可知妳建立了一個美滿的家庭。成為優秀的媽媽了呢。」

幾乎沒有人這樣誇獎過我，聽得我有些心神不定。

「即使我自己沒有當媽媽的經驗，或許反倒產生了確實達成任務的責任感吧。畢竟兩人少了我就沒辦法生存。」

「不過，我現在可以確定，現在的妳也缺乏了某些事物喔。」

會是什麼呢。雖然我不認為她會當場指責我。

「亞梓莎，妳所缺乏的是媽媽喔。」

「？？？呃，能再詳細說明一下嗎……」

可是，悠芙芙小姐絲毫沒有開玩笑的模樣。

我感覺到一股絲毫不像剛剛見面不久的溫暖視線。

「妳在高原之家這個地方，與許多女孩開心地生活在一起吧。」

「嗯。是很開心啊。雖然三百年獨居並不痛苦，不過後來才知道，許多人一起生活的感覺也不壞。」

兩者既無法先後排名，也無法比較優劣。只是兩種生活型態而已。

「不過，高原之家是屬於妳的吧。因此妳勢必得表現出主人的態度才行。」

「對啊，是沒錯。原本住的就只有我而已……」

「所以對妳而言，不論在高原之家或是附近的場所，都沒有媽媽的角色吧？」

聽她這麼說，我才發覺。

冷靜思考後，發現這是當然的。

我是從其他世界轉世到這裡來的，從誕生的那一刻就是現在的魔女外表。

在這個世界當然不會有母親這種角色。

「當然，有許多孩子與媽媽分隔兩地獨居，其中也有孩子連媽媽是誰都不知道。不過比起沒有媽媽，還是有媽媽比較好——妳不這麼覺得嗎？」

其實我一直活得自由自在，從來不曾盡情向某人撒嬌。活到現在完全沒想到這一點呢。

「我也不是不明白妳想說什麼，可是沒有解決方法啊……」

活了三百年的我哪來的母親呢。

只見悠芙芙拍了拍自己的胸口。

其實已經等於拍自己的胸部了。

「所以啊，亞梓莎，不嫌棄的話，我可以當妳的媽媽喔？」

我頓了半晌。

「…………啊？」

這種事情可能沒辦法立刻答應「好啊，我很樂意！」

因為這種提議太特殊了……

「這個……難為情也是部分原因……可是悠芙芙小姐，這對妳沒有好處吧……？」

「難道好處是隨時必要的嗎？剛才不是說過，我很愛多管閒事嗎？妳看，就算酷酷地活著，偶爾可能也需要媽媽吧，屆時可以拜託我喔。」

唔、唔唔唔……人生首次體驗讓腦筋還一片混亂。可是她願意當我的母親，確實讓人很放心呢。畢竟有些事情只能找母親商量，人活在世界上也總會想單方面撒嬌……

「就、就算當孩子也不會拿錢補貼喔……」

「我不需要錢。只是覺得，妳偶爾可能也會勉強自己吧。」

悠芙芙小姐站起身，隨即敞開雙手。

「偶爾撒撒嬌沒關係喔。亞梓莎，因為妳一～直非常努力呢。」

真是壓倒性的包容力啊……很可惜，我目前還不具備。能無條件肯定對方的力量……！只有人生中了不起的前輩才能發揮這種力量……！

我像喝醉一樣搖搖晃晃接近悠芙芙小姐，將臉埋在她的胸口。

不，乾脆別再用悠芙芙小姐這種外人的稱呼了。

悠芙芙媽媽！

「媽媽……悠芙芙媽媽……」

「怎麼了嗎，亞梓莎？」

她是讓人墮落的妖精呢。不過，這一點正好。

「雖然沒什麼特別的煩惱，但可以讓我暫時這樣嗎？」

「嗯，直到妳高興為止沒關係。明天想吃什麼早餐呢？」

感覺腦袋逐漸融化。還感覺到長期滲入體內，類似毒素的事物逐漸受到淨化……

這就是媽媽的力量嗎……好神祕的回復能力……

我被懷抱在悠芙芙媽媽的胸口中，過了一段頗長的時間。

如果就這樣睡著，總覺得會再也醒不過來，但應該不至於吧？雖然感受到這種毫無疑問的全能感，其實不必這麼在意吧？

之後，我真的進入夢鄉，但靈魂並未被奪走，早上在被窩中醒來。

悠芙芙媽媽一臉微笑，坐在床鋪旁邊的椅子上。

「悠芙芙媽媽與其說妖精，更像聖人呢……」

活了三百年，體會到以前從未嘗過的經驗。

看來還有許多自己不知道的事物呢。

「呵呵呵，因為人類一定出自娘胎啊。即使是妳也不例外喔。附帶一提，任何時候都可以喊我媽媽喔？」

總覺得這是身為人不該超越的一道界線。在有別人的地方，實在不太敢喊……

「沒關係的。沒有媽媽的話，創造一個就好啦。」

我就此屈服。

「悠芙芙媽媽……」

◇

頭腦還有些茫然的我，坐在悠芙芙媽媽的餐廳內。

不行，不行。得切換過來才行……可不能以這種樣子見兩個女兒。我畢竟是兩人的母親，怎麼能太過放空呢。

我站在尺寸只夠反射臉部的鏡子前，確認表情，將自己切換回母親模式。好，這樣就沒問題了。

這時候法露法與夏露夏兩人前來。

「早安啊，妳們兩個！睡得好嗎？」

感覺開朗又有活力，就像個可靠的媽媽一樣。

不過，女兒的反應有些奇怪。

「媽媽，那是，怎麼回事呢……？」

「姊姊，這種事情應該保持沉默才對。」

「不如說，沒問題的話媽媽才會在意吧。」

嗯？難道我有什麼問題嗎……？

悠芙芙媽媽應該沒有吸取年輕的可怕能力喔。剛才我也瞧過鏡子，沒有產生任何變化。

「妳們兩個，如果有什麼在意的事情，要告訴媽媽喔。」

「看，媽媽不是也這麼說嗎？」

「知道了。夏露夏也照辦吧。」

究竟到底是怎麼一回事呢。

「媽媽，該不會尿褲子了吧？大人還會嗎？」

尿褲子？拜託，怎麼可能會有這種事──

結果我現在才察覺，下半身溼淋淋……

「這怎麼可能！怎麼會這樣！這是哪裡搞錯了吧！」

這時候，幾乎不笑的夏露夏臉上浮現微笑。

「媽媽，夏露夏與姊姊都不會嘲笑他人的身體特徵。所以不用勉強掩飾沒關係。」

「夏露夏，媽媽很開心妳長得這麼優秀，但這可不是在掩飾耶!?」

「有時候難免也會尿褲子。法露法明白喔。沒關係的！」

不是啦！真的沒有！可是溼淋淋的確是事實，該不會……

不對不對，我活了三百年，連一次都不曾有過耶。

有沒有什麼頭緒呢？

這時候悠芙芙媽媽進來。

我露出求救的眼神，視線望向她。

「哎呀，哎呀呀……」

結果她卻露出不小心看見的感覺，以手摀嘴！

「這種事情難免呢，畢竟不同人的差異很大。」

「不要這樣理解啦！」

「該不會妳強大實力的代價，是體質變成容易尿褲子？」

「拜託，我怎麼可能簽訂這種惡魔般的契約呢！」

悠芙芙媽媽拍了拍我的頭。

「反正是小事，不用那麼在意沒關係。尿褲子而已，絲毫不會降低妳的價值喔！」

果然，尿褲子這一點是無可否認的事實嗎……該不會是我搞砸了吧……？若是在毫無自覺的期間發生，畢竟沒有記憶，也不能保證一定不是……

「總之，如果有替換的衣服，就先借我一下吧……」

可是就在這時候，悠芙芙媽媽嘻嘻笑了笑。

「抱歉剛才開了些玩笑喔。因為妳露出好悲觀的表情看向我呢。」

啊，這是事出有因類型的反應。

「看，我不是水滴妖精嗎？所以和我緊貼在一起，會受到影響而產生水滴下來的感覺。看起來像尿褲子也是因為這樣。」

「啊～太好了。那麼一切謎題都解開了吧。」

可是，這種能力真是絕妙地觸動羞恥心呢……得換件衣服了。

「什～麼啊，原來不是媽媽的關係嗎？」

「夏露夏從一開始就相信媽媽。」

等等，夏露夏，妳這句話不是真的吧。剛才的態度明明就是尿褲子無所謂。

不過，法露法的表情似乎還在意些什麼事，究竟是什麼呢？反正問題不會比這件事嚴重吧。

我們享用悠芙芙媽媽為我們準備的早餐。

「待久了會打擾，吃完後我們就離開囉。」

「欸～別在意什麼打擾，可以一直待在這裡喔。在空房間內躺著享受一番也無妨。」

唔，回老家時的母親感覺好強烈！

好想不顧一切留下來喔！

可是好幾天不回家的話，萊卡她們待在家裡的家人會擔心，這可不太好。

「不，這次就先到此為止吧……」

「是嗎，隨時都可以再來喔。」

「好的……到時候會再來……」

想向悠芙芙媽媽撒嬌的時候，就偷偷上門拜訪吧。

料理也很有家庭的味道，好溫暖。

「欸，媽媽，法露法有些地方不太明白。」
以叉子叉起蔬菜的法露法同時開口。
「嗯，什麼事呢？」
「剛才，媽媽就像尿溼褲子一樣。那是因為緊緊貼著悠芙芙小姐，沒錯吧？」
「對啊，似乎是的。」
「媽媽究竟什麼時候這麼緊貼悠芙芙小姐呢？」
正在享用的料理突然失去了味道。
難道這對小孩的教育很不好嗎？冷靜一點，冷靜。又沒有哪裡見不得人。可是光明正大說出來，會感到難為情也是事實……
就在我焦急之際，另一側的悠芙芙媽媽開心地笑了笑。
「這種事情等妳長大就會理解喔～」
「拜託別用這種遭人誤會的形容詞！」
「哎呀，又不是什麼奇怪的事情。只不過，大人有時候也想表現得像個小孩。我只是幫忙她而已。法露法妹妹，明白了嗎？」
眼神充滿慈愛的悠芙芙媽媽表示。
「嗯！法露法完全明白了！像是不安的時候，法露法也希望被媽媽緊緊摟住呢！」
她終於理解了。嗯，太好了。

我真的鬆了一口氣。

享用完早餐後，我們離開悠芙芙媽媽的家。

回去的時候也透過瞬間移動魔法，請她送我們回到湖畔。

「如果還想再來的話，只要來到這裡就可以了喔。」

我點頭表示同意。

然後，小小聲地，如此開口。

「拜拜，媽媽。要保重喔。」

在這個世界活了三百年，頭一次有了媽媽。

反正活了三百年都有了女兒，有媽媽也不足為奇吧。嗯，沒問題，沒問題！

附錄

觀摩別西卜的職場

這一天，別西卜與利維坦姊妹，法托菈與瓦妮雅又前來高原之家。

這對主僕跑來別人家也太自然了。雖然每次都會帶伴手禮，問題是頻率好高。她們該不會以為我家是居酒屋還是什麼吧？終究只是普通家庭喔。

「哦，這道燉煮，肉燉得又軟又爛，真是美味又可口！」

萊卡對別西卜帶來的料理讚不絕口，讓我更難向她抱怨……

「對啊，好吃吧。這可是范澤爾德城邑數一數二的家常菜名店，派瓦妮雅排了三十分鐘的隊伍才買到的菜色哪。」

別西卜一臉得意，但她完全將瓦妮雅當成跑腿使喚……該自豪的應該不是妳，而是瓦妮雅吧。

隨後別西卜去上廁所，暫時離席。

還喝了幾杯酒，似乎心情不錯。

趁機會我試著詢問兩名利維坦。

「問一下，妳們兩個，別西卜她平常有在認真工作嗎？」

那麼鬆散的調調，應該沒辦法當農業大臣吧……即使是幻想世界，但畢竟是大臣喔。

「上司在工作上非常嚴謹喔。話說這次會被派去排家常菜名店，也是因為我犯了重大失誤，上司幫忙擦屁股善後，才以排隊一筆勾銷呢。」

「聽瓦妮雅這麼說也沒什麼說服力……得找個更認真一點的人告訴我才行……」

「怎麼這樣！有點受到打擊耶！」

拜託，妳剛剛才說自己犯了重大失誤不是嗎？

「別西卜大人在工作時間中非常優秀呢，否則根本沒辦法擔任農業大臣這麼久。」

「既然法托菈都這麼說，應該沒錯，不過沒看過她工作的模樣，還是很難想像……」

「我明白您的心情。」

明白啊。意思是至少別西卜來我這裡的時候，看起來才這麼隨便吧。

「所以我有一個提議——」

法托菈嘴角露出一絲笑意。

「方便的話，要不要試著觀察別西卜大人的工作情況？」

原來如此，不是別西卜的教學觀摩，而是職場觀摩嗎？

「雖然是很有趣的點子，但別西卜絕對不願意，不會答應的吧？換成我也會拒絕……」

「沒獲得同意也可以。亞梓莎小姐可以使用各種魔法吧。透明化魔法會嗎？」

我睜大眼睛。不是對這種歪腦筋感到驚訝。

「真想不到會是法托菈提議……」

「有時候我也想看看這種惡作劇呢。」

這次法托菈『呵呵呵～』笑得像壞女人一樣。話說回來，這女孩以立場而言算是官僚呢。與純真無瑕的少女呈現極端對比。

「知道了。雖然我不會透明化魔法，但應該能透過創作魔法學會，等學會之後再討論具體細節。當然，聽到這件事的大家都要保密喔。」

芙拉托緹與萊卡都點頭同意。

這時候別西卜回來。

「好啦～再開一瓶酒吧。唔……房間怎麼這麼安靜哪。難道什麼也沒有聊嗎？」

「總是會有話題中斷的時候啊。」

別西卜似乎也不至於光靠這樣就察覺到。更何況她已經喝醉了。

我們趁別西卜前往法露法與夏露夏的房間之際討論細節。

◇

然後我順利學會了透明化魔法。

好，接下來才是重頭戲。

決定執行計畫的前一天，我騎乘萊卡前往范澤爾德城。

住宿一晚，隔天早上與法托菈見面。附帶一提萊卡在武史萊小姐那邊特訓，所以正好。

「那麼亞梓莎小姐，我帶您前往農務省。」

「嗯。保險起見，趁現在我先變透明。」

我以透明化魔法消除身影。

魔族工作的農務省建築從玄關就十分豪華，裝飾也很華麗，接近歌德式風格。

其中見到魔族們埋首於文件中，或是職員彼此交談。

整體氣氛相當緊繃。

「那個轉給人事的卡露田塔小姐！」「我得出差，下週的會議要找人幫忙出席才行！」「一個小時候在會議室召開促進葡萄培育會議！」

由於是魔族，職員的外表天差地遠，但大家都認真工作……

這方面與我以前待的公司沒什麼差別呢，只差沒有電腦。不，有顯示資料的石板，還有緊盯著石板的魔族，可能連這一點都幾乎一樣。

「這個部門是農業計畫課，是特別忙的部門之一。」

似乎依然知道變透明的我在哪裡的法托菈解釋。

「原來如此……大家辛苦了。」

窺視無關的房間好像間諜，因此我迅速前往別西卜所在的房間。

抵達頂樓後，見到大臣室的門。

「別西卜大人在這間房間內處理政務。」

「好啦～就讓我好好見識一下，她的工作情況囉。」

法托菈緩緩開門。由透明的我開門顯然很怪，所以趁法托菈開門時溜進室內。

結果，映入眼簾的是——

「瓦妮雅，妳製作的這些文件，日期的年份統統變成去年了哪……去全部重新簽審一遍！」

「欸～！上司，拜託通融一下嘛！」

瓦妮雅被別西卜點出失誤。

「居然一開門就是妹妹凸槌……真難為情……」

法托菈按著頭傷腦筋。

一族之恥完全在他人面前曝光呢……

「哦，法托菈，下午的會議妳也出席吧。由於要與其他省部討論，人數愈多愈好。」

既然法托菈被找去，我趁機移動到房間角落。

隨便亂晃可能會曝光。還是維持固定位置吧。

「唔，好像傳來腳步聲哪……」

別西卜的觀察力真是敏銳……

「該不會樓下有大型魔族之類前來吧。」

「是嗎？這些月底截止的文件全都瀏覽過了，換下一項工作。本年度會計審查局還沒來多嘴，輕鬆多啦。那群人簡直就是超虐待狂哪。」

「明白了。趁下一次會議召開前，再稍微趕一下進度吧。」

然後，我正式開始觀摩她的工作。

大臣的房間理所當然十分寬廣，但工作的只有別西卜、法托菈與瓦妮雅而已。利維坦姊妹似乎擔任祕書。

原本懷疑真的有認真工作嗎，不過老實說，開始觀摩後三分鐘就得到了答案。別西卜的眼神非常認真。

完全進入了工作模式。

迅速檢閱文件，發現疑問之處，就貼上便利貼之類的簽條，或是命令瓦妮雅「這部分去問一下預算方面，究竟是怎麼回事」。

原來大臣不是空有其名而呢，工作得非常勤奮喔，看得出來她相當有能力。

然後，大約過了三十分鐘，反而是我產生了大問題。

——好閒……

仔細想想，別西卜從事的是行政工作。即使偷偷摸摸看好幾個小時，也一點都不有趣嘛！

距離午休還有將近兩個小時……好難熬……

結果別西卜突然站起來。

「總覺得這房間的氣氛與平時不一樣。人口密度好像增加了……」

即使變成透明，連這種都能分辨得出來啊……

「上司，沒有別人啊～怎麼可能有人變成透明躲在房間裡呢～」

拜託！瓦妮雅！不要老是耍這種寶好不好！

別西卜定睛環顧房間。

我連忙以手摀住嘴，屏住氣息！

「少了一道空氣流動哪……該不會有人壓低了氣息吧……？」

真是敏銳耶！原來變透明隱藏自己也這麼困難啊。

© Benio

「別西卜大人別亂說了，回到政務上吧。」
「也對。多的是非完成不可的工作哪。」
法托菈幫忙掩飾。謝謝妳，法托菈！
應該說，已經知道別西卜是認真的上班族，所以想回去了。偏偏別西卜一直不離席，導致完全無法通知法托菈。
偶爾會有帶文件進入的職員，趁隙溜出去也不是不行。可是沒知會法托菈她們就回去實在很失禮……
早知道會這樣，事前就該帶些打發時間的東西來……
無可奈何之下，我放空躺在地毯上。
大多數工作都很樸素。早知道要觀摩，當初應該選傍晚一點的時段……
在地毯上打滾一段時間後，好不容易熬到午休時間。
宣告休息的鐘聲響起。
「呼～休息一下吧～」
別西卜站起身，伸了個懶腰。還刻意張開翅膀。原來翅膀也是舒展的部分啊。
「今天的午餐輪到瓦妮雅幫忙準備便當吧。」
「是的！使用當季食材點綴，菜色相當豐盛喔！名叫『利用當季食材點綴的豐盛便當』！」

「沒問妳便當的名稱。」

哦，由祕書官負責製作便當啊。真是難得的制度。

以前我當社畜的時候，如果有人幫我準備便當，或許在精神上更健康，也就不會過勞死了。超商便當吃不出愛的滋味。

不過，現在我卻面對比剛才更大的問題。

如果無法離開這間房間，不就無法吃午餐了嗎……

好難受……至少想吃幾片餅乾……

就在這時候，肚子「咕嚕～～～～～～」大唱空城計。

哇！輸給生理現象啦！

「誰啊？到底是有多餓，肚子也太有主見了吧。」

「不是我喔。」

「那麼以消去法，只剩下瓦妮雅了哪。」

「也不是我喔！剛才的聲音，是高……高度攻擊性的咕嚕聲我可發不出來！」

瓦妮雅剛才差點說出高原魔女這四個字！

雖然有點硬拗，但勉強圓過去了！

「也不是小女子哪。肚子的叫聲聽起來太蠢了。小女子的肚子叫聲聽起來高貴些。」

可惡！在莫名其妙的部分中槍！

很想反駁，可是卻沒辦法開口！

「算了，誰的肚子聲音都無妨。吃飽就不會再叫了。」

唔……偏偏我吃不到啊……

瓦妮雅從專用提包中取出便當。

「這是我的，這是上司的，這是姊姊的，這是高……」

頓時瓦妮雅臉色發青。

「為什麼今天會準備四人份？」

法托菈露出『妳這笨蛋！』的表情望向瓦妮雅。她真是迷糊耶！

「還有，『高～』是什麼意思？」

「高……高估的預備……對了！為了有人想多吃而高估的預備！」

「咦……如果沒有人要吃，多出來不就只能丟掉了嗎……那不是很浪費……？」

逐漸被別西卜平淡的大道理逼到死角啦！

「這、這個……其實是我做太多了！所以才會準備第四人份……就只是這樣而已……真的沒有其他原因……」

汗珠從瓦妮雅的額頭滑落。

別西卜見狀，露出似有領悟的表情。

「是嗎，是嗎～既然第四人份的便當沒人吃可惜，小女子就拿到其他房間，到處問問看有沒有人要囉～如果這房間有第四人就剛剛好，但怎麼會有第四人呢～那麼～就去其他房間問問看有沒有人要囉～」

我急忙解除透明化魔法。

「哎，對啦！對啦！是我要吃的啦！所以拜託別拿走！」

被別西卜露出受夠了的表情一瞪。

「果然沒錯。難怪一直覺得不對勁哪。」

之後我們說明事情的原委。既然被她得知，就有責任說明。

「——就是這樣，才想來看看妳是不是真的在工作。」

我邊吃便當邊開口。便當真好吃，便當沒有錯，瓦妮雅倒是有些錯。

法托菈與瓦妮雅也露出反省的表情，又不能突然轉變態度。

「怎麼樣？小女子工作得十分優秀吧。」

別西卜得意地表示。

「嗯……很認真。太認真了，看著覺得好無聊。」

「拜託，別人看起來很有趣的行政工作才奇怪吧！小女子又不是為了取悅妳而工作的！」

「也對……我以後不會再這樣了……畢竟知道妳也是優秀的社會人士……」

「嗯，以後別再做這種蠢事了。這一次就原諒妳吧，今後可得事先申請啊，可以幫忙舉辦針對外部人員的有趣觀摩。如果廣告課的人肯幫忙，還會更有看頭哪。」

然後別西卜將申請書遞到我面前。

「呃，好意就心領了，不過我對農務省的工作沒興趣，所以不需要……」

「法露法與夏露夏可能會想觀摩。拿回去吧。不如說，帶她們來！」

連這方面都不吃虧啊！

既然做壞事被抓包，我只能向法露法與夏露夏詢問觀摩的意願。

幾天後，與兩個女兒來到農務省觀摩。

兩個女兒似乎對此都很滿足。

完

後記

好久不見了，我是森田季節！

順利為各位讀者帶來《狩獵史萊姆三百年》第四集！

第一集一月出版，第二集四月，第三集七月，然後第四集十月，能出得這麼快真是太好了。這也多虧購買本作品的各位讀者。真的非常感謝！

好的，在這一集中，俗稱不紅的樂團員（由於是獨自活動，嚴格來說不算樂團）以新角色的身分登場。是名叫庫庫的兔耳女孩。

其實，這有一部分接近親身經歷。

我目前住在東京都西部，不過直到幾年前都還在福井縣。

在當地遇見一位不紅的樂團員。

他在東京的音樂之路似乎不順遂，才回到老家福井縣。於是他放棄音樂之路，準備找一份正式的固定工作。我當時聽他訴說自己的故事。

只不過，與其說根本看不出霸氣，反而強烈感受到「不得已才找工作」的氣氛。

這時候我對他這麼說：「看你似乎還有留戀，是不是以自己的方式畫上句點後，再展開下一階段的行動比較好？當然這需要錢，但畢竟是僅此一次的人生……就這樣找工作也會後悔吧？（意譯）」

結果他非常感謝我。

之後不太清楚他在音樂這條路上走得如何，不過至少確定他知道自己在迷惘，我覺得這本身就是一件好事。

除此之外，即使不是角色原型，但是前尼特族的朋德莉也有幾分經歷相似的人。曾經是家裡蹲尼特的他，現在以作家的身分勤快地活動。

還有像是一時之間連住處都沒有，但克服困境後在超大型企業工作的朋友。有點像哈爾卡拉呢。

所以說，雖然這部作品基本上一直是輕鬆的內容，不過卻頻繁有「冷靜思考後會發現，只差一步就落魄潦倒」的角色登場呢。

應該說，作者森田自己也好幾次差點落魄，勉強站穩腳步後，才撐到今天這一步……

今後還想在本系列中，繼續撰寫這些角色可以開心又健康生活的故事。如果正在看本系列作的讀者正為了某些事情苦惱，希望能為他們帶來一絲絲樂觀向上的心情。

那麼，認真的話題就到此為止，以下是宣傳與致謝。

首先，已經在 Gan Gan GA 連載漫畫化與外傳作品囉！

在此附上網址與QR碼！當然可以免費閱讀！

http://www.ganganonline.com/contents/slime/

多虧各位支持，第一話的首發PV好像達成 Gan Gan GA 史上歷代第一名的紀錄……該怎麼說呢，好像達成了前無古人的目標呢……

負責作畫的シバユウスケ老師，真的非常感謝！精湛地超越原作展現亞梓莎的個性！（呃，如果超越了原作，不就是我的問題嗎……）

連平時評論超辛辣的漫畫業界朋友，都寄信告訴我「真是相當優秀的漫畫化！」另外還有大學時的同學，非宅圈人士告訴我漫畫的感想之類，讓我清楚體會到透過漫畫化，傳達給不同層面的對象呢。

外傳小說也描寫了本篇劇情見不到，或者說在亞梓莎的第一人稱小說中難以表現，關於別西卜的過去。聽說這也在 Gan Gan GA 的小說部門創下紀錄級的PV數。真的好高興！「狩獵史萊姆三百年～」世界若能在今後繼續擴大，身為作者也感受到無上的喜悅！

然後呢，下次一月預定發售的第五集，要推出廣播劇CD同捆版！

也就是，也就是，也就是說，亞梓莎與萊卡等人會有聲音喔！

亞梓莎她們會以什麼樣的聲音開口呢，從現在開始好期待！還有，說不定有機會遇見聲優小姐，這也很期待呢！（真心話）

同樣為本書繪製精美插圖的紅緒老師，真的非常感謝！該說隨著集數增加，亞梓莎等人愈來愈習慣高原的生活呢，或是比起插圖，看起來更像實際人物的快照照片呢。今後也請多多指教！

還有，一直力挺本系列作的各位粉絲們，真的感激不盡！有賴各位的支持，作品才能順利繼續推出。

正好在本書出版之際，作家生活也進入第十年。有幸在走過漫漫長路後持續這麼久。希望今後還能繼續推出為各位帶來快樂的作品。

最後，我們在下一集附廣播劇CD的第五集（也有販售沒附廣播劇CD的普通版）出版的一月再見吧！（※後記所述時程均指日本時間）

森田季節

浮文字

持續狩獵史萊姆三百年，不知不覺就練到LV MAX(04)

（原名：スライム倒して300年、知らないうちにレベルMAXになってました4）

作者／森田季節　封面插畫／紅緒　譯者／陳冠安
發行人／黃鎮隆　總經理／陳君平
經理／洪琇菁　國際版權／黃令歡
執行編輯／呂尚燁　美術編輯／王羚靈
企劃宣傳／邱小祐
出版／城邦文化事業股份有限公司　尖端出版
台北市中山區民生東路二段一四一號十樓
電話：（〇二）二五〇〇七六〇〇　傳真：（〇二）二五〇〇二六八三
E-mail：7novels@mail2.spp.com.tw
發行／英屬蓋曼群島商家庭傳媒股份有限公司城邦分公司　尖端出版
台北市中山區民生東路二段一四一號十樓
電話：（〇二）二五〇〇─七六〇〇（代表號）
傳真：（〇二）二五〇〇─一九七九
北部經銷／祥友圖書有限公司
電話：（〇二）八五一二─三八五一
傳真：（〇二）八五一二─四二五五
中部經銷／楨彥有限公司
電話：（〇二）八九一九─三三六九
傳真：（〇二）八九一四─五五二四
雲嘉經銷／智豐圖書股份有限公司　嘉義公司
電話：（〇五）二三三─三八五二
傳真：（〇五）二三三─三八六三
南部經銷／智豐圖書股份有限公司　高雄公司
電話：（〇七）三七三─〇〇七九
傳真：（〇七）三七三─〇〇八七
一代匯集／香港九龍旺角塘尾道六十四號龍駒企業大廈十樓B&D室
電話：（八五二）二七八三─八一〇二
傳真：（八五二）二七八二─一五二九
馬新總經銷／城邦（馬新）出版集團　Cite(M)Sdn.Bhd.
E-mail：Cite@cite.com.my
法律顧問／王子文律師　元禾法律事務所
台北市羅斯福路三段三十七號十五樓
二〇一九年六月一版一刷
二〇二一年六月一版三刷

■中文版■

郵購注意事項：
1. 填妥劃撥單資料：帳號：50003021戶名：英屬蓋曼群島商家庭傳媒（股）公司城邦分公司。2. 通信欄內註明訂購書名與冊數。3. 劃撥金額低於500元，請加附掛號郵資50元。如劃撥日起 10～14日，仍未收到書時，請洽劃撥組。劃撥專線TEL：(03) 312-4212 ・ FAX：(03) 322-4621。E-mail：marketing@spp.com.tw

國家圖書館出版品預行編目資料

持續狩獵史萊姆三百年，不知不覺就練到LV MAX(04) /
森田季節著 ； 陳冠安 譯.--1版.
--臺北市：尖端出版, 2019.06 面 ； 公分.--(浮文字)
譯自:スライム倒して300年、
知らないうちにレベルMAXになってました4
ISBN 978-957-10-8575-3(第4冊：平裝)

861.57 108005854